CRÔNICAS DE MEU BAIRRO

Equipe de realização — Produção: Plinio Martins Filho; Capa: Amauri Tozetto.

ELIEZER LEVIN

CRÔNICAS DE MEU BAIRRO

Direitos reservados à
EDITORA PERSPECTIVA S.A.
Av. Brigadeiro Luís Antônio, 3025
01401 - São Paulo - SP - Brasil
Telefones: 288-8388/288-6878
1987

ÍNDICE

Oh, Bom Retiro	9
De *beiguelah* a Einstein	11
A invasão amarela	13
Guefilte-fish	16
Tempo de eleição	19
Ditos e conselhos que ouvi no *pletzl*	21
Dona Ruchl, do Bom Retiro a Israel, com amor	23
Ainda Dona Ruchl	26
Dona Ruchl passa por Londres	28
Ainda voando com Dona Ruchl	31
Último capítulo de Dona Ruchl	33
Filósofos de Chelm	35
Charadas de Faivl, o vendedor de giletes	37
O *hassid* e o coreano	39
Mais ditos e conselhos que ouvi no *pletzl*	41
Motque, o *eitze-gueber*	43
O sonhador profissional	46
A Estrela de David	48
As time goes by	51
Ao verme que primeiro roer as frias carnes do meu cadáver	53

Arenques e sardinhas	55
Ditos e ponderações que ouvi no *pletzl*	58
Em nome de nossas esperanças comuns	60
Pais e filhos	63
Beltz, main shtetele Beltz	65
Para o meu Rebe, com amor	67
Tipos de minha sinagoga	69
Juntando os trapos	72
Mais ditos e ponderações que ouvi no *pletzl*	74
Um certo *hazan* argentino	76
Os trinta e três momentos felizes de Chin	79
Apenas um coração solitário	82
Jogo de cartas	84
Jogando cartas enquanto o Halley passa	87
A síndrome de Chernobyl	89
Ditos amargos que ouvi no *pletzl*	92
Uma noite no hospital, em outros tempos	94
Pode alguém desejar mais do que isso?	97
No limite da realidade	100
Na sauna	103
Sou um *crooner* frustrado	106
Justa homenagem ao Barão	109
Meu pranteado amigo Bera	112
O último repórter da imprensa *idish*	115
Onde foi mesmo que ouvi?	118
Quem tem medo de teatro?	121
Esperando Godot?	124
Humor negro	126
Condomínios do Bom Retiro	129
O segredo do boneco	133
O homem que se perfumava	137
Terminal	144
Glossário	147

Sôbolos rios que vão por Babilônia...
CAMÕES

OH, BOM RETIRO!

  Passando um dia desses pelo Bom Retiro, ocorreu-me dar uma parada no meu velho território. Entrei num bar, esquina da Prates com a Três Rios, e pedi um café. Do lado de fora, na calçada, estavam batendo papo dois patrícios. Havia um terceiro, coreano ou vietnamita, parado perto deles, quieto, apenas ouvindo.
  — Como vão os *lokshn*? — perguntou o que era baixinho e estava de braços cruzados, com uma cara de sátiro.
  — Pqr!? trx Mxigue — respondeu o outro que era alto e tinha a boca caída para um lado. O defeito fazia com que as palavras lhe saíssem como grunhidos.
  — Que foi que você disse?
  — Eu disse, me - shi - gue, com - ple - ta - mente me - shi - gue.
  O coreano ou vietnamita ouvia impassível, calado.
  — Fechou algum *guesheft*?
  — Pqx?! ntv okxn.
  — Como?
  — VINTE *LOKSHN* — gritou o outro, endireitando a boca.
  — *Shrai nit*, ninguém aqui é surdo.
  Paguei minha conta e fiquei à espera do troco. Prosseguia lá fora a conversa, com o oriental postado entre eles, exibindo sua cara tumular, os lábios cerrados e olhando de um para outro. O que tinha cara de sátiro descruzou os braços e perguntou ao de boca torta:

— Que é que você me diz das últimas declarações dos nossos ministros?
— Pqx!? tx Trado.
— Ahn?
— Se eles dizem morto, você está enterrado.
— E as medidas que pretendem tomar?
— Você já tentou soprar num balão furado? Isso ajuda tanto como ventosas a um cadáver.
— Mas eles dizem que desta vez é pra valer.
— O que eles dizem, não pensam, e o que pensam, não dizem — o esforço do boca torta era visível.
O oriental moveu um pé, sem sair do lugar.
— Então, o que nos resta? — indagou de novo o baixinho.
— Pqx!? ru Spatos.
— Como?
— O que nos resta é ficar em casa, para não rasgar os sapatos.
— Você está mesmo me saindo um pessimista.
— Pqx!? unsv Ptia.
— Ahn?
— Digo que, se não nos podem ajudar com medidas de bom senso, ao menos podiam ajudar-nos com uns gemidos de simpatia.
— Então você acha que os ministros...
— O que eu acho é que o sol se deita sem a ajuda deles.
Recebido o troco, saí do bar e ainda captei um resto de diálogo. O tal baixinho olhou para o céu e murmurou para o companheiro:
— Pelo que vejo, vamos ter chuva.
— Vamos, como assim?! Desde quando somos sócios?
Mas o que mais me andava intrigando mesmo era a postura do oriental, calado o tempo todo, impassível, estático, com sua cara de Buda, passando os olhos de um para outro. Não resisti e, puxando de lado os meus dois patrícios, perguntei-lhes já meio angustiado qual era o papel do oriental.
— Quem, o mongol?! — voltou-se para mim o baixinho, com sua cara de sátiro. — Ah, ele anima o nosso papo.

DE BEIGUELAH A EINSTEIN

Passando pelo Bom Retiro, está claro que parei para comer um *beiguele*, coisa que havia muito tempo eu não fazia. Atrás do balcão, estava um velho de iamelque na cabeça e um olhar astuto nos olhos. Ah, eis a minha gente!
— Como estão os *beiguelah*? — perguntei-lhe.
— Experimente.
— Tem alguma dúvida?
— Quanto à qualidade, nenhuma. O meu problema é comercial.
— Como assim?
— Inflaçon. A inflaçon anda me comendo por uma perna.
— O que tem a inflação que ver com os *beiguelah*?
— Ora, meu amigo! A massa anda na hora da morte. E o problema é que não consigo me decidir quanto a uma questão.
— Qual?
— O tamanho do buraco com que devo fazer o *beiguele*.
— O buraco do *beiguele*! Mas isso é tão importante assim?
— Sim, esse maldito buraco pode me levar à ruína.
— Pqotzrv!?!
— Ahn? Veja bem, se eu fizer o buraco grande, terei de gastar mais massa para o envolver.
— Então, faça o buraco menor!
— Isso é fácil de dizer, mas se o fizer menor, vou precisar de mais massa para encher o espaço que sobra.

Saí dali com uma tremenda pulga atrás da orelha, e fui sentar-me num dos bancos do Jardim da Luz, à sombra fresca dum coqueiro, enquanto comia meu *beiguele* e matutava no problema estranho daquele homem. A poucos passos de mim, sentados em outro banco, conversavam um velho de barba grisalha e um adolescente que me pareceu ser seu neto. Por coincidência, o tema de que tratavam era o da Teoria da Relatividade. No Bom Retiro tudo acontece. O velho estava impressionado com as informações que o jovem lhe dava sobre os avanços da nossa era espacial, nuclear, etc. etc.

— E tudo isso devemos à Teoria da Relatividade — concluía triunfante o rapazinho.

— Eu sempre ouvi falar do Einstein e sei também que ele é judeu — disse o velho, puxando os suspensórios por cima de sua grossa camisa branca, apesar do calor. — É um grande orgulho para nós, sem dúvida. Mas o que não sei exatamente é o que vem a ser essa sua complicada teoria.

Nesse ponto fiquei muito atento, pois o que ele indagava, confesso, é e sempre foi a minha espetacular dúvida.

— Bem, não é fácil de explicar num pé só a Teoria da Relatividade. Mas, vejamos. Einstein levou em conta uma nova dimensão: o tempo. E o tempo é relativo. Citando um velho exemplo: se um homem tiver de sentar-se dez segundos numa chapa incandescente, dez segundos lhe parecerão uma eternidade, não é? Mas, se o mesmo homem tiver a fortuna de acolher em seu colo uma garota, os dez segundos não lhe serão nada. Concorda?

O velho ficou calado por um momento, com ar incrédulo. Depois, murmurou:

— América ganef. Eu já desconfiava. Então foi com isso que o nosso Einstein ganhou a tal fama!

A INVASÃO AMARELA

Não sei qual é a preferência da maioria, mas, em matéria de sinagoga, não abro mão da minha, que é a da Rua Prates. Gostos não se discutem. Posso até justificar, embora o que pese aqui não seja exatamente a razão, mas o puro sentimento. Freqüento-a não por causa do talento do *hazan* (este, por sinal, anda meio arriado), nem por causa da maravilhosa disciplina com que transcorrem seus serviços (silêncio total só mesmo nos cemitérios, já dizia um dos nossos *litvaques*), nem por causa do conforto (se quiserem ar condicionado, vão aos reformistas). Como já disse, as minhas razões são mais de ordem sentimental. Tenho aí minha cadeira quebrada, meu *Sidur* com o bom cheiro dos anos 30, meus *litvaques* sibilantes (Sabes in Sevues hot a id in sul gueguebn a sós), e o meu ... bem, aqui preciso falar um pouco do meu *shames* (*sames*, como se diz entre nós).

O *shames* (devo explicar, na eventualidade de um remoto leitor *goi*) é uma espécie de zelador. Mas não pensem — pelo amor de D'us — que é algo como o zelador de um condomínio. Longe disso. O *shames*, muito além de um zelador, tem de entender de Talmud, de Toire, de psicologia, de finanças. Digo psicologia e mais finanças porque só pelo jeitão com que um desconhecido completamente desconhecido adentra a sinagoga, ele já pode informar ao tesoureiro se o distinto cavalheiro pode ou não contribuir com algo *tachles* para o "fundo sagrado". Outra qualidade básica de que um bom *shames* de talento carece é a de saber arrefecer o ânimo exaltado das nossas mulheres, quando encontram, nos assim chamados "dias terríveis", seus assentos ocupados por outras. E digo isso porque não é nenhuma brincadeira esse tipo de reação que uma *idene* e, por cima, crente devota, pode apresentar. Bem, não vou enumerar aqui tudo de que um *shames* é capaz, e sobretudo do que é capaz o *shames* da minha sinagoga.

Aliás, este nosso *shames* só tem um defeito. É meio gago. Aaaméem, ele repete duas vezes, mas parecem várias. Seu nome é Sholem, mas nunca vi ninguém por aqui que não o chamasse por Solem. Semana passada, numa quarta-feira braba, fim de tarde, passando em frente à nossa modesta sinagoga, encontrei o meu bom Sholem na porta, com um ar angustiado. Parei o carro e fui até ele.

— Que que há, Sholem?
— Não te-te-te-te...
— Telefone?
— Que, telefone! Não tetemos *minian*.
— Quem falta?
— Só-só-só-só...
— *Soloveitchic*?
— Que, *Soloveitchic*! Só falta um.
— Conte comigo.
— Grá-grá-grá...
— Gravata, é preciso?
— Que, gravata! Digo, graças a D'us.

Entramos. Mal entramos, o *baal-tefile* disparou nas rezas de *minhe*. Esse *baal-tefile*, em matéria de *minhe* e *mairiv*, é um verdadeiro Emerson Fittipaldi. Já desisti há muito de acompanhá-lo; espero-o na última volta ou na reta final. E isso se eu tiver a sorte grande de achar no meu *Sidur* essa parte final.

De longe, recebi um aceno do meu amigo vice-presidente, que estava ao lado do *baal-tefile*. Acabados os serviços, fui dar-lhe um abraço. Pela ruga profunda que exibia na testa, percebi que estava preocupado.

— Como vão as coisas? — perguntei-lhe.
— Podiam ser melhores. A invasão amarela...
— X! OPRXNP!?!
— Os vietcongs andam comprando tudo.
— Como assim?
— Eles estão acabando com o Bom Retiro. Papam tudo o que lhes aparece. Ficam de olho em cima de um bom ponto, observam o movimento, vão lá e *bruct*... fecham o negócio.

— E é essa a sua preocupação?
— Bem, minha preocupação começou mesmo quando vi um desses mongóis, parado aqui em frente.
— É!
— Mudo feito uma porta, ele só ficava observando. *Nisht aer nisht ain*. O *beheime* não arredava pé. Ao cabo de alguns dias, com a situação tensa, convoquei uma reunião e, por decisão unânime, nosso presidente resolveu mandar o Solem afugentar o vietcong.
— Deu certo?
— Você conhece o Solem. Ele foi lá e começou a querer explicar para o oriental. Isso é uma sí-sí-sí...ná-ná-ná...gó-gó-gó. E o mongol disse 10.000 *lokshn*. Solem de novo: Mas isso é uma sí-sí-sí...ná-ná-ná...gó-gó-gó. E o mongol: 20.000 *lokshn*.
— Bem, e no que deu a coisa?
— No que deu? O Solem voltou para o nosso presidente com o rabo entre as pernas e com todos aqueles números na boca.
— Sim, e o presidente?
— Pelo tipo de sorriso com que o tenho visto ultimamente, acho que ele anda sonhando com uma sinagoga nova no Jardim América.

GUEFILTE-FISH

Sempre que faço alguma incursão pelo Bom Retiro, volto retemperado com o bom-humor de minha gente, esse humor que é o sal da terra. Assim, outro dia, tendo de comprar carpas para os *guefilte-fish* de sexta-feira, estive ali de passagem e vejam só o que me foi dado ver e ouvir.

A caminho da peixaria, parei por um momento na Rua da Graça e olhei ao redor. Dois patrícios acabavam de se encontrar.

— Há quanto tempo! — exclamou um deles. — Por que está com essa cara?

— Minha mulher morreu faz duas semanas.

— Não entendo! Eu próprio assisti ao enterro dela dois anos atrás!

— Oh, aquilo foi com a primeira mulher. Casei-me uma segunda vez.

— Desculpe, não sabia desse novo casamento. *Mazal-tov!*

Para me refrescar, entrei no Café Europa. Estava meio vazio. A uma mesa, dois fregueses bebiam chá. Fiz o meu pedido e, enquanto aguardava, um deles, que não tirava os olhos de sua xícara, quebrou o silêncio:

— Sabe de uma coisa, Iossl?

— Ió, diga — resmungou o segundo, passando a ponta do queixo de uma mão para a outra.

— A vida é como uma xícara de chá.

— Xícara de chá?! Ora, bolas! Por que justamente uma xícara de chá?!

— Como hei de saber, Iossl? Não me faça perguntas tolas, sou por acaso algum filósofo?

Saindo dali, já a caminho da peixaria, me foi dado ouvir outro diálogo não menos interessante, que se travava bem no meio do *Pletzl*. Eram dois homenzinhos de ares eufóricos. Um deles parecia ter acertado na dezena.

— Diga-me, Maier — perguntou-lhe o outro. — Como foi que você acertou no 53?

— Pura matemática, Bernstein.

— Como assim?

— Sonhei que seis dos nossos lutavam contra nove árabes. Seis vezes nove, 53. Só isso!

— Opa! Seis vezes nove são 54!

— Núu... está bem, então seja você o matemático.

Deixando-os para trás, fui-me à procura da tal peixaria, que, por sinal, não estava fácil de encontrar. Finalmente, a localizei na Rua Amazonas, sem placa, sem cartaz, sem nome. Estava vazia, só o peixeiro atrás do balcão. Este, um sujeitinho sorridente, me parecia um comerciante otimista, apesar de tudo.

— Por que o senhor não põe na porta algum cartaz, alguma placa? — fui-lhe indagando.

— Se o senhor me pergunta, dou-lhe a resposta — o peixeiro respirou fundo, como quem pega o fôlego. — Já tive por aqui um belo cartaz, que eu mesmo fiz, com uma inscrição em letras vermelhas: "Aqui vende-se peixe fresco".

— E o que aconteceu?

— A primeira freguesa que viu o cartaz me perguntou: "Para que 'fresco', o senhor vende por acaso peixe podre?" Bem, achei que ela tinha toda a razão, apaguei o "fresco".

— E daí?

— Entrou outra freguesa e me perguntou: "Para que a palavra 'aqui', acaso o senhor vende em outro lugar?" Também tinha razão, apaguei depressa o "aqui". Nisso, entrou um dos meus bons amigos e me colocou a seguinte questão: "Para que o 'vende-se', será que você dá o peixe de graça?!" Ele também tinha razão, apaguei o "vende-se", e só fiquei com o "peixe".

— Muito bem! — disse-lhe eu, já meio esgotado.

— Que bem! Então veio minha mulher, olhou para o cartaz e disse: "Peixe? Você não precisa anunciá-los, pode-se sentir o cheiro deles a um quilômetro". E tive de apagar a última palavra, eis toda a explicação.

Paguei-lhe as carpas e, antes que começasse a me contar uma nova história, mais do que depressa lhe desejei a *gut shabes* e bati em retirada.

TEMPO DE ELEIÇÃO

Instigado pelos amigos, Menashe tomou a grande decisão: sim, iria candidatar-se ao Conselho. Não por vaidade, está claro, mas por achar que um lídimo representante do Bom Retiro também merecia ter ali o seu lugar. Nessa importante disputa eleitoral, não tinha mesmo cabimento o nosso Bom Retiro se omitir.

— Vamos mostrar a esses dos "Jardins", Menashe, quem somos nós — dizia-lhe no *Pletzl* um dos amigos do peito, Iossl Knaker, com um ar de euforia.

— Vamos com calma, com calma — respondeu Menashe, rindo. — Eu já decidi! Mas, para fazer a campanha, preciso pensar com calma.

— Campanha aer, campanha ain ... o voto terá de ser voto de cabresto — opinou Shloime Roiter.

— Silêêêêncio, stalinist — cortou-lhe a palavra, já meio exaltado, Maier Schraier, que tinha um só defeito: não conseguia falar baixo.

— Amigos, amigos, calma! — Menashe procurou sobrepor-se a todos com sua voz serena. — A questão é: como se pode ganhar uma eleição? Quais os requisitos de um bom candidato?

— Primeiro de tudo, assumir ares mistos de um homem honrado e de um tolo, mas não ser nem uma coisa nem outra — proclamou Iossl Knaker.

— Aprovado — disse Menashe.

— Prometer tudo, tudo — acrescentou Shloime Roiter.

— Isso não basta, todos os candidatos prometem! — pôs em dúvida Iossl Knaker.
— A questão não é tanto do que você promete, mas do jeito como promete — esclareceu Maier Schraier. — Terá de fazê-lo gritando, suando, chorando, batendo os punhos na mesa...
— Aprovado — interrompeu Menashe.
— Outra coisa importante de que não devemos esquecer — lembrou Shloime Roiter. — Sempre ter em mente de que homens e carneiros vão aonde têm de ir, isto é, aonde haja pasto.
— Bem lembrado — confirmou Menashe, balançando a cabeça.
— Importante também é ter um bom padrinho — acrescentou Iossl Knaker.
— Quem você sugere? — virou-se para ele Menashe.
— Que tal o grande editor?
— Este já está comprometido com outro candidato.
— Então, que seja Moishe Rabeinu — gritou Maier Schraier.
— Aprovado.
— Agora me diz, Menashe, em que facção você se engaja? Situação ou Oposição? — indagou Iossl Knaker.
— Quem tem a maioria?
— A situação.
— Então, já posso lhe responder: situação — concluiu Menashe, triunfante.
— E qual a linha política que irá adotar? — perguntou-lhe Shloime Roiter.
— Quanto a isso não tenho dúvidas. Será uma linha avançada, vanguardista, revolucionária. Em arte e política, principiamos como incendiários, embora acabemos sempre como bombeiros — proclamou Menashe, espantado com as próprias palavras.
— Já ganhou! Já ganhou! — romperam todos, em uníssono.
Sentado em frente deles, na soleira do bar, o garotão, Avremele Hippie, com sua bata branca, seus colares esquisitos, seus cabelos compridos de profeta hebreu, acompanhando em silêncio a cena toda que ali se desenrolava, por um momento desviou os olhos para o céu azul e murmurou consigo mesmo:
— Perdoa-lhes, pai, eles não sabem o que fazem.

DITOS E CONSELHOS QUE OUVI NO PLETZL

* Ao veres teu inimigo caído, não deves te alegrar, mas nem por isso precisas correr para reerguê-lo.
* Quando três te chamam de louco, deves dizer: "Bim-bom".
* Não te preocupes hoje com o que podes preocupar-te amanhã.
* Três coisas não poderás ocultar: o amor, a tosse e a pobreza.
* Com mentiras, poderás ir longe, mas não voltarás.
* Um belo silêncio que possas guardar tem mais beleza do que um belo discurso.
* A cabeça não prestando, o resto podes jogar fora.
* Antes bom e pouco do que mau e muito.
* Não há amarguras que não possas cobrir com um sorriso.
* Não te esqueças: a verdade é uma só, mas tem várias faces.
* O mundo não simpatiza com os delatores, nem com os moralistas.
* Pior do que dinheiro perdido é tempo perdido.
* Graças a Deus, o pobre não comete pecados caros.
* Crê nos milagres, mas não dependas deles.
* Quanto mais doce teu pecado, mais amargo teu arrependimento.

- ★ A lágrima está para a alma como o sabão para o corpo.
- ★ Toda nora é um pedaço de sogra.
- ★ Furúnculo não constitui doença grave, sobretudo sob axila alheia.
- ★ Câncer, *shmancer,* contanto que tenhas saúde.
- ★ Peixes e hóspedes se estragam no terceiro dia.
- ★ A mulher te coloca em pé ou te deita por terra.
- ★ Não te adiantam preces nem sabedoria quando as cartas não vêm.
- ★ Se a sorte te bafeja, até mesmo teu boi te dará um bezerro.

DONA RUCHL, DO BOM RETIRO A ISRAEL, COM AMOR

Da viagem de Dona Raquel (dona Ruchl, para os íntimos) à Terra de Israel, conheço alguns pormenores da ida porque estive nesse avião, e da volta porque depois me contaram.

Mal o avião levantou vôo, rompendo o grave silêncio que se fazia entre os passageiros, o grito dela (que ela garantiu ter sido uma espécie de suspiro) foi de tal ordem que o próprio comandante, piloto de larga experiência, lá de sua cabina, por um momento se viu atrapalhado com as alavancas de comando, sentindo uma boa tremida nas bases e de leve um desses arrepios na boca do estômago.

De pé, chapéu caindo para o lado, bolsa pendurada no braço, Dona Raquel soprava feito uma locomotiva.

Da minha poltrona, tentei acalmá-la: "Calma, calma, tudo em ordem..." Com um fino bigode perolado de suor a lhe cobrir todo o beiço superior, ela tentou sorrir para mim. "Tudo em ordem" — voltei a lhe dizer. "O avião está voando normalmente, não há o que temer." Na virada para sentar-se, a bolsa dela, se não sou ligeiro, por pouco não me pega um olho de raspão.

— A senhora nunca voou? — tentei puxar prosa para acalmá-la.

— Esses meus filhos *meshugoim* me metem num caixão desses e me deixam aqui sozinha! Tem cabimento?!

— Está tudo bem, Dona Raquel! Não esqueça de que a senhora tem a ventura de estar viajando para Eretz.

Um outro passageiro, vendo os nossos apuros, tentou intrometer-se:
— Um bom conhaque lhe faria bem — disse ele.
— Mande esse *ferd* fechar a boca — Dona Raquel desabafou em puro *idish* e a voz dela se espalhou por todo o interior da nave
O tal *ferd* recuou a cabeça e não se meteu mais.
— O senhor viaja também para Eretz? — perguntou-me, já mais calma.
— Sim.
— Os *meshugoim* dos meus filhos me disseram que teremos de fazer "baldeação" num lugarzinho chamado, chamado...
— Londres.
— Iô, London. Lá se fala só *english*, não é?
— Sim.
— Pois eu não falo nenhuma palavra desse maldito idioma e ainda não sei como farei para levar minhas malas ao avião da El-Al.
— Descanse, o próprio pessoal da companhia se encarrega disso.
— Não, não... Minha vizinha, Sheindl, também viajou e os *ganovim* surrupiaram dela a camisola.
Tentei cochilar um pouco, e já o estava conseguindo, quando Dona Raquel me bateu no ombro.
— O senhor me faria um grande favor?
— Sim.
— O senhor conhece London?
— Mais ou menos.
— Então, por favor, não esqueça de me avisar quando pousarmos nesse *shtetl*, sim?
— Não tem perigo, todos nós teremos de descer ali.
— Minha vizinha, Sheindl, ficou uma hora inteira sentada na poltrona sem saber que era London.
— Ora, eles costumam anunciar pelo alto-falante!
— Acontece que Sheindl, estando nervosa, fica surda como uma porta, e o mesmo se dá comigo.
— Ah, entendi. A senhora está nervosa?
— E como não estar? Imagine só! Daqui a algumas horas, eu, Ruchl, estarei pisando a terra que Moishe Rabeinu pisou!
— Moishe Rabeinu nunca pisou em solo israelenese — informei delicadamente.

— Mas, que diabo! Você parece que tem a mesma mania de meus filhos! Eles vivem me desmentindo.

Depois de servido o lanche a bordo, com toda a tradicional classe e fartura das companhias aéreas internacionais (Dona Raquel, por via das dúvidas, meteu algumas coxinhas, chocolates e doces na bolsa), tentei novamente tirar o meu cochilo, e já estava começando a me embalar, quando de novo fui sacudido:

— Olhe, não é bom dormir assim, logo depois das refeições — a cara gorda de Dona Raquel sorria para mim com seu ar maternal.

— Eu estava apenas cochilando.

— O senhor estava é roncando mesmo — corrigiu-me ela.

Bem, não vou contar aqui todas as peripécias de viagem dessa típica *mame* do Bom Retiro, nem de sua chegada triunfal a Londres, nem muito menos a Israel, porque não daria no espaço limitado desta crônica. Sobre sua viagem de volta, pelo que me foi dado saber, para encurtar as coisas, direi apenas o seguinte: Dona Raquel, ao tomar o maravilhoso Boeing de volta para o Brasil, numa das escalas (baldeações, como ela diria), até hoje não se sabe como, ao invés de Brasil, foi dar com os costados na Austrália. Mas, tal foi o escândalo que ela aprontou no meio do aeroporto australiano (em puro *idish*) ao dar-se conta do lamentável engano, que as autoridades alfandegárias a enfiaram depressinha no primeiro jato, repatriando-a, em desespero de causa, direto para o Bom Retiro.

AINDA DONA RUCHL

A pedidos, volto aqui às peripécias de Dona Raquel, não incluídas na última crônica por absoluta falta de espaço, no exato momento em que o nosso avião se preparava para aterrissar em Londres, esse estranho *shtetl*, como ela própria dizia.

Endireitadas as poltronas, afivelados os cintos de segurança, ficamos todos na expectativa.

— O senhor não se incomoda de me segurar a mão? — pediu-me ela.

Ao dar-me a mão, que senti gelada, achei por bem confortá-la com algumas palavras.

— Não tem perigo, Dona Raquel, este avião já fez centenas de aterrissagens.

— Centenas! Então, é isso, pode dar-se mal desta vez.

Sorri-lhe amarelo e, por um momento, fechei os olhos.

— Se o senhor continuar de olhos fechados, não vai poder fazer nada.

— Não se preocupe, Dona Raquel, logo mais estaremos em chão firme.

Mal acabei de falar, o avião deu um bom solavanco, e o gritinho dela, além de me sacudir todo, me fez eriçar os pêlos mais íntimos (com o perdão da palavra).

— Calma, calma, Dona Raquel... iiii-isso não é nada.

— Esse motorista é um *drec* — Dona Raquel começou a perder a compostura.

— Que motorista?
— Esse aí do avião.
— Ora, ele sabe muito bem o que faz.
— Já vi que o senhor não passa de um *fleugmat*. O avião pode-se esborrachar e o senhor ficará aqui nesta poltrona sem mover uma palha.

Outro solavanco, e desta vez Dona Raquel não só deixou escapar mais um desses gritinhos de sacudir qualquer cristão (desculpe, judeu), como também me meteu fundo as unhas. A ponto de me arrancar dos olhos e jogar bem longe uma grossa e salgada lágrima.

Bem, felizmente nosso avião aterrissou como deveria aterrissar, e não direi nada do tal grito final que ela emitiu, pois este foi inteiramente absorvido pelos assobios e pelo troar ensurdecedor das turbinas.

De minha parte, eu estava com os nervos em frangalhos.

DONA RUCHL PASSA POR LONDRES

Das inúmeras impressões de Dona Raquel sobre Londres, embora ela não se tivesse afastado um metro além dos limites do aeroporto, posso testemunhar porque estive ao seu lado praticamente o tempo todo. Digo "praticamente" porque houve uma ou duas vezes que me foi necessário pedir licença para uma rápida visita aos sanitários. Ela ficou do lado de fora.

Tínhamos um tempo de espera de, pelo menos, cinco horas para o nosso próximo vôo, o da El-Al com destino a Israel. E Dona Raquel, nesse longo período, não desgrudou o pé de mim. Feita a transferência das malas, ficamos flanando e xeretando como fazem todos os turistas. A certa altura, convidei-a para um refresco no moderno e maravilhoso bar do aeroporto.

— O senhor está mesmo com sede? — perguntou-me ela.

— Não se preocupe com a despesa, Dona Raquel, eu quero ter o prazer de lhe pagar um drinque.

— Ah, drinque?! Eles falam *idish* por aí?

— Drinque quer dizer em inglês bebida.

— Para mim, surrupiaram a palavra do *idish*. *Trinkn* é o certo.

Algumas mesinhas estavam ocupadas por turistas. No balcão, um elegante *barman* preparava os coquetéis, enquanto o seu colega ia servindo as mesas.

— Vamos pedir o tal *Trinkn* no balcão — disse-me Dona Raquel.

— Por quê?
— Minha vizinha, Sheindl, me disse que no balcão é sempre mais barato.
— Não se preocupe, Dona Raquel, eu já lhe disse que a senhora hoje é minha convidada.
— Bem, se o senhor quer mesmo jogar fora o seu dinheiro...
O problema, contudo, começou quando o grandalhão do *waiter* se aproximou de nossa mesa, olhou para Dona Raquel e esta olhou para ele.
— *Good morning!* — disse-nos, com aquele sotaque inconfundível dos ingleses, e nos entregou a cartela de bebidas.
— Que que esse *ferd* está falando? — perguntou-me Dona Raquel, sem tirar os olhos dele. O inglês estava perfilado, reto feito uma estaca.
— Está esperando que a gente faça o pedido.
— Para mim, peça guaraná — disse ela, afastando de si com nojo a longa cartela.
Mais tarde, voltamos a sentar-nos no grande saguão por onde passavam mulheres de rosto pintado, expressão *blasée,* com finos casacões de pele, acompanhadas de homens de sobretudos elegantes, chapéu coco e bengala na mão. O desfile de tipos estava deixando Dona Raquel espantada.
— *Meshiguene velt!* — exclamou ela. — Parece-me que esses *englanders* têm o rei na barriga.
— De fato, eles têm uma rainha.
— Não me diga! E o que é que faz a tal rainha deles?
— Pouca coisa, na verdade quem governa é o primeiro-ministro.
— Desse jeito, até eu podia ser uma rainha! — exclamou, soltando um risinho. — E quanto ganha essa rainha?
— Qualquer coisa acima de 10.000 libras.
— *Meshiguene velt!* Ganhar tanto sem fazer nada? Graças a Deus, em Israel, não temos reis nem rainhas, a não ser os do baralho.
— Sim, mas já houve reis em Israel. Que me diz a senhora do Rei David? Do Rei Salomão?
— Quanto ao Duvid Hamelech, não sei, mas desse Shloime, dizem que era um tanto chegado ao nosso sexo. Tinha mil *vaiber,* e até uma *mulatque* de dar saliva na boca do Sargentelli.

Outra coisa que andava intrigando Dona Raquel era justamente a língua inglesa. O tempo todo ficava de ouvido atento para ver se captava alguma expressão.

— Para mim, esses englanders surrupiaram muita coisa do nosso *idish* — dizia-me.

— Como assim?!

— No sanitário em que o senhor se meteu, estava escrito *"Gentleman"*. *"Gentl"*, não sei o que é, mas *"man"*, não é puro *idish*?

Dei-lhe um sorriso e preferi ficar quieto.

— E quando o senhor reclamou com aquele *ferd* do bar o troco que esqueceu, o que foi que ele lhe disse?

— Oh, *my god!*

— Núu... justamente, *God, Got*. Está aí outra palavrinha importante surrupiada do *idish*. Quer ver uma coisa? Se eu falar com qualquer um deles em puro *mame-loshn*, vai me entender.

Nisso, passa por nós um hindu de turbante. Dona Raquel pisca-lhe o olho e diz:

— *Gut morgn, balebos!*

— *Good morning, lady!*

AINDA VOANDO COM DONA RUCHL

— É como se a gente estivesse voando para Eretz num tapete mágico — disse-me Dona Raquel, com seus olhinhos brilhando de excitação.

Desde que o avião da El-Al havia decolado, ela não parava de falar.

— Veja só a diferença quando o motorista é judeu — informou-me ela.

A esta altura, eu já sabia que o tal "motorista" a que estava se referindo era o comandante da nave, e a confiança que ela depositava nele era mais do que visível.

Logo de início, duas coisas a deixaram excitada. A primeira, quando o comissário de bordo, usando o alto-falante, num sonoro e patriótico hebraico, cumprimentou os passageiros dando-lhes as boas-vindas, o *Baruh-habá*. Dona Raquel só faltou uivar de orgulho.

— Não entendo uma palavra do que ele diz, mas o que ele diz é lindo — ela cutucou-me com o fecho perigoso de sua inseparável bolsa de crocodilo.

A segunda coisa que a levou praticamente ao delírio foi quando sentiu no ar, vindo da pequena copa, um leve cheiro característico de *guefilte-fish*.

— Ah, agora sim estou em casa! — exclamou várias vezes.

Tão excitada estava que começou a ensaiar com sua voz ora estridente, ora anasalada, algumas notas de *Hava-naguila*. Eu olhava para ela sorrindo, sem saber o que fazer.

— O senhor não conhece o *Hava-naguila*? — estranhou, ao me ver assim em silêncio.
— Claro, nasci ao som do Hava-naguila.
— Então, por que não me ajuda?
"Pshii... shequet", gritou nervoso um passageiro lá do fundo, que começava a se inquietar.
— Que que esse *beheime* está mugindo aí atrás? — perguntou-me Dona Raquel mais alto ainda, só não pulando da poltrona porque estava imobilizada pelo cinto de segurança.
Neste momento, o ronco do avião da El-Al se fez ouvir, acompanhado de uma boa tremida.
— Que que é isso, *Gotenhu*? — por um instante, ela interrompeu sua cantoria.
— Ao que parece, o comandante também está um pouco emocionado — apressei-me a informá-la.
Vencido o incidente e já passado o susto, ela voltou a cantarolar baixinho: "*Hava-naguila* ... *hava-naguila*..."
— O senhor pode me explicar uma coisa? — parou para me indagar. — Eu queria saber o motivo destas pontadas bem aqui.
— Pontadas? Onde? — alarmei-me.
— Aqui, bem aqui — sua mãozinha gorda pousou num ponto algo acima da barriga, supostamente o coração.
Diante de meu silêncio, ela própria esboçou uma resposta:
— Ah, o senhor então não sabe?! Pois vou lhe dizer o que se passa.
E Dona Raquel, essa singela *idene* do Bom Retiro a quem eu pouco conhecia, com seus olhinhos voltados para algum ponto insituável lá fora, ponto este além das nuvens e do próprio horizonte, além muito além de qualquer limite e coisa, completou a explicação:
— É que eu, Ruchl bas Leie, depois de dois mil anos de andanças, estou voltando para casa.
Sou obrigado a confessar que tais palavras, ditas assim, desta vez me pegaram virtualmente de guarda baixa, não me dando sequer o miserável tempo de desviar os olhos.
Ah, Dona Raquel, Dona Raquel!

ÚLTIMO CAPÍTULO DE DONA RUCHL

Quando me despedi de Dona Raquel, no aeroporto de Lod, em Tel Aviv, tendo-a visto pela última vez assim eufórica, com ares de turista, bolsa elegante pendendo do punho, toda alegre e vibrante, eu não podia imaginar as circunstâncias em que a iria reencontrar alguns anos depois.

Estava eu, um domingo, prestando visita no "Lar dos Velhos" a um professor, velho amigo da família, quando a avistei sentada num banco do jardim, sozinha, bem em frente a um canteiro de rosas, tomando o sol da tarde. Quase não a reconheci.

— Dona Raquel, lembra-se de mim? — fui-lhe dizendo, na certeza de que não me havia esquecido.

Ela me encarou por alguns segundos e, depois, abriu-se num largo sorriso.

— Ah, a nossa viagem para Eretz! O senhor também foi despachado para cá?!

— Não, ainda não — respondi-lhe rindo. — Infelizmente, continuo aí fora. Como vai a senhora?

— Como vê, estou bem, lagarteando ao sol.

— A senhora, então, se lembra da nossa viagem? — disse-lhe, procurando assumir ares descontraídos.

— Apesar dos desencontros, foi uma viagem maravilhosa. Na minha volta, cheguei a conhecer a Austrália, país de que eu nunca tinha ouvido falar. Mas, valeu! Sem dúvida, esse foi um dos bons presentes de meus filhos *meshugoim*.

— E como vão os seus filhos?
— Visitam-me aqui de vez em quando, trazem-me flores, bombons, presentinhos. Bons rapazes!
— O que eles fazem?
— O mais velho, Berl, tem uma fábrica de elásticos. Quando criança, ele gostava de brincar com estilingues. O segundo, Ianquel, é um grande médico operador. Lembro-me ainda da surra que tive de lhe dar quando, ainda moleque, o peguei estripando a coitada de uma rã.
— A senhora tem ao todo quantos filhos, Dona Raquel?
— Cinco homens, todos casados. Ah, não me foi nada fácil educá-los. Diga-o meu falecido marido, Shmul, que Deus o tenha no seu regaço! Mas hoje, graças a Deus, todos estão muito bem de vida.
— Meus sinceros parabéns, Dona Raquel!
— Que parabéns! Parabéns merecia eu se lhes tivesse completado a educação.
— Como assim?!
— Velvl, o engenheiro, ainda tem a mania de roer as unhas. Iudl, o boa-vida, vive às voltas com as cartas. E Iossl, o artista, compra jóias demais para a mulher. Com este é muita cantoria e pouco talharim.
— Bem, todos nós temos os nossos defeitos, Dona Raquel.
— Sim, isso é verdade. Era o que vivia me dizendo o meu querido Shmul, que Deus o tenha. A própria natureza tem os seus defeitos, dizia ele.
Olhei-a bem fundo nos olhos e os vi por um instante mergulhados em pesadas reflexões. O pior delator sempre foram os olhos.
— Ah, a natureza! — continuou, após breve pausa. — Existe uma coisa nela, em particular, que hoje, pensando bem, não consigo entender. Quem sabe o senhor poderia me explicar?
Já um tanto curioso, deixei-me ficar na espera. Desde já me penitencio do tom algo grave com que esta crônica poderá terminar.
— Por que será? — indagou Dona Raquel. — Por que será que uma mãe consegue viver com cinco filhos, mas cinco filhos não conseguem viver com uma só mãe?
Por mais que tentasse, está claro, desta vez, não lhe pude dar uma resposta satisfatória.

FILÓSOFOS DE CHELM

O que mais me agrada no Bom Retiro são os seus filósofos. Há um deles pelo qual tenho o maior carinho e respeito: é o vice-presidente de nossa sinagoga, mais conhecido simplesmente por Vice. Apesar dos seus 70 anos, é um homenzinho lúcido, vibrante e tem sempre uma explicação para tudo.

Nos dias santificados, visto como ocupamos poltronas vizinhas, acostumei-me, entre uma e outra oração, a ouvi-lo pontificar sobre os mais variados assuntos. Assim é que, no último *Iom tov*, terminada a tefilá de *Shaharit,* ele se voltou para mim com seu largo sorriso de *litvac* e me disse:

— Quanto mais penso na situação do nosso País, mais me convenço do quanto é parecida com a de nossa cidade de Chelm.

Para quem nunca ouviu falar de Chelm, devo esclarecer que se trata de uma cidadezinha que entrou no folclore judaico tal como Gotham, no da Inglaterra, Shildburg, no da Alemanha, e Portugal, no do Brasil. Os "sábios" de Chelm já tiveram sua glória no passado e fizeram as delícias de nossos avós.

Procurei, pois, desde logo alimentar esse diálogo que se me afigurava promissor.

— Onde está essa semelhança? — perguntei-lhe.
— Nos buracos.
— Buracos?! Como assim?!
— Você não conhece a história dos buracos de Chelm?

— Não, esta ainda não ouvi.
— Bem, a história é curiosa. Conta-se que os cidadãos de Chelm cavavam as fundações da nova sinagoga, quando um deles parou e começou a afagar a barba: "Que faremos com toda essa terra?" "Ora, nunca pensei nisso!" — respondeu o outro: "Mas, é verdade! Que faremos, afinal, com tanta terra?!" A questão levantada começou a preocupar a todos. "Já sei" — disse o líder do grupo. — "Faremos outro buraco e a lançaremos nele." "Espere um pouco" — intrometeu-se outro cidadão. "Isso não resolve o problema! Que faremos com a terra do novo buraco?" "Ora, abriremos mais um, desta vez duas vezes maior, e nele enterraremos não só a do primeiro, como também a do segundo." E continuaram a escavação.

A história que o Vice acabava de me contar não deixava de ser interessante: as semelhanças apontadas eram óbvias.

— Vejo que o senhor anda realmente preocupado — disse-lhe eu. — Mas o fato é que temos aqui um ministro seriamente empenhado em fechar todos os buracos. Deixe que ele se preocupe por nós.

— Isso me faz lembrar outro caso de Chelm — interrompeu-me meu amigo Vice, mostrando um sorriso mais largo. — Certa vez, como os cidadãos de Chelm andassem bastante preocupados, resolveram eliminar a preocupação que os dominava, contratando Iossl, o artesão, por um bom salário. A fim de que ele assumisse o trabalho de se preocupar por todos. E a proposta estava quase aprovada, quando um deles certamente um "sábio", levantou a seguinte questão: "Mas, se Iossl estiver ganhando um bom salário, com que irá ele se preocupar?"

É como eu disse: não há nada como ouvir um bom filósofo do Bom Retiro.

CHARADAS DE FAIVL, O VENDEDOR DE GILETES

Quem não comprou um pacotinho de giletes do Faivl e ainda não teve a oportunidade de conversar com ele, não sabe o que perde. Quanto às suas giletes, estas podem ser iguais às outras, mas, quanto ao seu tipo de conversa, garanto que dificilmente se encontre coisa igual. Pois outro dia eu, que o conheço muito bem, ao defrontar-me com sua figura tão conhecida, na esquina da Prates com a Três Rios, fui logo enfiando a mão no bolso e lhe pedindo três pacotinhos.

— Como vão os *guesheftn*, Faivl?

— Baruch Hashem, não me queixo. — As sílabas e os perdigotos lhe escapuliam da boca como torpedos. É preciso um ouvido muito apurado para se poder acompanhar o que Faivl diz, mas juro que vale a pena.

Magrinho, baixinho, encurvado feito um arco, guarda-chuva enganchado no braço, o eterno chapéu Ramenzoni (ainda existem) enterrado na cabeça, o terno escuro bastante folgado, com uns olhinhos pretos girando espantados no fundo das órbitas, examinou-me de alto a baixo.

— O senhor é quem deve estar passando bem — torpedeou-me de novo, com mais uma boa chuvarada.

— Por que essa certeza, Faivl?

— Não pense que eu não sei dos livros que andou publicando!

— Ora, neste país ninguém vive só de livros, Faivl — esclareci delicadamente e acrescentei, gracejando: — Quem sabe, você não teria um lugarzinho para mim no seu negócio?
— Pois eu também vou lhe contar um segredo — retrucou com ar muito sério. — Neste país ninguém só vive de giletes.
— O que mais você faz?
— Tenho meus investimentos: *open*, poupança, *lokshn*, prazo-fixo, *iber-nacht*...

Estranhei este último.
— *Iber-nacht?!* Francamente, este não conheço.
— Ora, não me diga que nunca aplicou no *over-night* — cuspiu-me praticamente na cara.
— Ah, o *over!* Bem Faivl, vejo que você está por dentro.
— O senhor me parece uma pessoa muito engraçada! Se até uma criança sabe do que estou falando! — Já bastante molhado, desta vez desviei a cabeça com certa habilidade.

Ele prosseguiu imperturbável:
— Por falar em negócios, como anda a *prime-rate* e a *libor?*
— Não, Faivl — cortei-lhe a palavra, já um tanto impaciente. — Não vou lhe comprar nenhuma das giletes enquanto não me testar com pelo menos uma das suas charadas.

Neste ponto, ele me deu o maior dos sorrisos, pois, na verdade, era exatamente neste particular que se resumia todo o seu encanto, toda a sua fama e glória.
— Está bem — aquiesceu com a cabeça. — Então me diga depressa: O que é, o que é? Pende da parede, é verde e assobia.
— Pende da parede, é verde e assobia? Esta, Faivl, nem em mil anos.
— Ora, meu amigo, é um arenque.
— Arenque?! Desde quando um arenque pende da parede?
— Ninguém vai impedir que o senhor o pendure.
— Está bem, mas desde quando um arenque é verde?
— Ora, qualquer um pode pintá-lo.
— Bem, mas onde já se viu um arenque assobiar?
— Nuu... então, não assobia.

O HASSID E O COREANO

Foi por mero acaso que os vi juntos, parados debaixo daquela marquise, em plena Rua da Graça. A chuva outonal, que se havia precipitado tão inesperadamente, os fizera correr ao mesmo tempo. Eu, que por igual motivo também havia procurado me abrigar, postei-me ao lado deles e não arredei mais pé.

Eram, sem dúvida, dois tipos bem diversos; dignos representantes de duas culturas milenares. De um lado, um velho judeu, alto, magro, com roupas pretas, gabardo longo quase chegando às canelas, chapéu preto enterrado na cabeça, e ostentando respeitável barba hassídica. Provavelmente dirigindo-se para a sinagoga quando surpreendido pela bendita chuva. De outro lado, um velho asiático (coreano ou vietnamita, não sei ao certo, digamos coreano) baixinho, também magro, com roupas ocidentais, uma barbicha rala e um cabelo curto meio em pé. Provavelmente dirigindo-se à loja da família quando também surpreendido pela chuva. Estavam parados ali lado a lado: o velho *hassid* olhando para o céu toldado de nuvens, aparentemente indiferente a tudo quanto se passava na terra; e o velho coreano, piscando os olhinhos, desviando-os de vez em quando para o seu vizinho, certamente lhe estranhando muito o tipo.

Nos primeiros minutos, ambos permaneceram em silêncio. De repente, o *hassid*, como que falando consigo mesmo, olhando através do oriental ali postado, murmurou:

— Oi, ió, iói... Que chuva!
O coreano, ouvindo o murmúrio e encontrando aqueles olhos pousados nele, sentiu necessidade também de dizer alguma coisa:
— Ih, hi, hi... Chuva boa, nô!
Creio que foi nesse exato instante que o *hassid* se deu conta verdadeiramente do tipo que estava junto dele. Examinou-o discretamente, com toda delicadeza e respeito. Mundo estranho este, com tantas criaturas estranhas, o do nosso Criador — teria pensado com os seus botões. O oriental sustentou o olhar e, depois, com um sorriso de orelha a orelha, saiu-se com esta:
— Padre judeu, nô?
Estando eu do lado a observar tudo, deliciei-me com o ar de perplexidade que começava a se desenhar no rosto barbudo do meu prezado *hassid*. Nisto, um relâmpago riscou o céu, e o ribombar teatral de um trovão nos sacudiu a todos.
— *Baruch atá Adoshem Helokeinu melech haolam shecochó ugvurató malei olam* — o *hassid*, de imediato, pronunciou a sua *brahá*.
— Pqrx! o? nsv — reagiu prontamente o coreano. — Chuva boa, nô, graças senhor Deus!
— Ió, ió, ió...
Os sorrisos que ambos trocaram, juro, eram de absoluta compreensão, e os anjos lá no alto disseram amém.
Como pouco depois uma minúscula janela de céu azul rompesse as nuvens, cessada a chuva tão repentinamente quanto começara, ambos partiram depressa, cada qual tomando o seu rumo.
— Xáu, xáu — despediu-se o coreano, já de costas, no seu passinho rápido.
— *Shalom, shalom* — respondeu o *hassid*, balançando a cabeça.

MAIS DITOS E CONSELHOS QUE OUVI NO PLETZL

★ Três coisas te serão boas em pequenas doses e nocivas em grandes: o fermento, o sal e a hesitação.
★ O álcool é mau mensageiro: tu o envias à barriga, ele sobe à cabeça.
★ Nem ao médico, nem ao cirurgião desejarás ano bom.
★ Não te esqueças: "Do pó viemos, ao pó voltaremos"; mas, até lá, que tal um bom trago?
★ Nenhum judeu vive sem milagres.
★ Se o cavalo tivesse algo a dizer, certamente te diria.
★ O sol se deita sem a tua ajuda.
★ Se cospes para cima, corres o risco de alguns respingos.
★ De que te servem a lanterna e os óculos, se não desejas enxergar?
★ Deves tomar cuidado quando estás diante de um bode, atrás de uma mula, ou a qualquer lado de um tolo.
★ Não ofereças pérolas aos que lidam com hortaliças e cebolas.
★ Poderás viver sem temperos, mas nunca sem trigo.
★ Mesmo no azar, é bom que tenhas um pouquinho de sorte.
★ A tolice, mesmo bem-sucedida, não deixa de ser tolice.

* A verdade não morre nunca, mas leva vida apertada.
* Vende a última camisa, contanto que sejas rico.
* Não tenhas medo, se não houver outra escolha.
* Com dinheiro, comprarás tudo, menos bom-senso.
* Do mesmo boi não tirarás duas vezes a pele.
* A sorte batendo à tua porta, dá-lhe logo uma cadeira.
* Será mais fácil aplacares a ira do homem do que a ira da mulher, porque o primeiro foi criado de argila mole, ao passo que a segunda, de um osso duro.
* Tens três amigos: teus filhos, teus bens e tuas boas ações.

MOTQUE, O EITZE-GUEBER

Gosto muito do Motque, um dos mais assíduos freqüentadores de nossa sinagoga. Faça chuva, faça sol, não perde nenhum dos seus serviços. Houve tempo em que sinagoga para ele só existia nos grandes feriados, mas de uns bons anos para cá, coincidindo com o início de sua aposentadoria, passou a freqüentá-la diariamente. Mais do que isso, passou a fazer dela uma extensão do seu lar. Ele, que antes mal conseguia acompanhar as orações puxadas com tanta presteza pelo *Baal-tefilá*, agora não só vai na frente, como as pode repetir de cor. Não só acompanha atentamente a leitura que se faz da *Torá*, como até mesmo, quando surgem certos debates, se intromete e arrisca os seus palpites.

Se antes não tinha a mínima noção dos mil probleminhas que costumam cercar as sinagogas, sobretudo as pequenas, como é o caso da nossa, agora virou um *expert* no assunto. Sendo um homem prático afeito a planos e trabalhos práticos, inundou com eles praticamente a sinagoga. Era o seu modo de traduzir o amor que sentia por ela. E tantos foram os conselhos que andou soprando nos ouvidos do presidente e do vice (diga-se logo, na melhor das intenções), bem como do pobre Shames, este um tanto desesperado com a velha questão da disciplina, e do tesoureiro, como sempre perseguido pela crônica falta de verbas, que por fim acabaram lhe atribuindo um cargo oficial na Diretoria. Um cargo até então inexistente, um cargo, diga-se de passagem, criado sob medida para ele. O cargo de *eitze-gueber*, isto é, o de "conselheiro". Mas não pensem que se trata aqui de um reles "conselheiro". Os *eitzes* de Motque, pelo menos na minha opinião, têm alguma coisa da centelha do gênio.

Outro dia, no *iom tov* de Sucot, tendo eu ido à sinagoga, Motque pegou-me pelo braço e me enterteve com um desses seus famosos conselhos.

— O mais antigo problema desta sinagoga — confiou-me ele — e que nenhuma Diretoria conseguiu resolver até hoje, veja bem, continua sendo como fazer com que, durante as rezas, as mulheres deixem de conversar. É ou não é verdade?

— Sem dúvida — respondi, bastante interessado.

— Pois bem, e você por acaso já pensou por que as mulheres não param de conversar? O problema é o seguinte: o balcão, lá em cima, onde elas ocupam seus lugares, foi muito mal arquitetado.

— Arquitetado?!

— Sim, o arquiteto foi uma besta, um *beheime*. Veja bem: só as que se sentam na primeira fila é que podem ver o que se passa aqui embaixo. As outras não vêem nada.

— E o que há de interessante para se ver aqui embaixo?

— Ora, meu amigo! Aqui o *hazan* canta, agita a cabeça, ergue os braços, carrega a *Torá*, os homens se movimentam, conversam, etc., etc.

— Entendi.

— Elas podem apenas ouvir, mas ver, não vêem. Isto, convenhamos, lhes tira todo o apetite, todo o interesse pela coisa.

— E daí?

— Daí! Daí, o motivo fatal de caírem nas conversas, nos cochichos. Nem os avisos afixados nas paredes, nem os apelos dramáticos que lhes faz o Shames (o coitado está cada vez mais gago; aliás, já aconselhei meu amigo Solem, em vez de falar que cante, pois nunca vi ninguém que fosse capaz de gaguejar cantando), e muito menos as tais advertências histéricas que vêm daqui debaixo vão reduzi-las ao silêncio.

— E qual foi a solução apresentada por você, Motque? Alguma reforma no balcão?

— Isso seria muito oneroso.

— Então, o quê?

— Dei um conselho muito prático ao presidente. E estou certo de que esse conselho resolveria definitivamente o problema.

— Qual?

— Se nossas mulheres não podem ver, façamos então que elas vejam.
— Muito bem, mas como?
— Imaginei colocar um grande espelho em posição tal que lhes dê a visão do que se passa aqui embaixo.
— E o presidente, o que achou?
— Foi como se eu pisasse no calo dele. Chamou-me de ignorante, *ferd, apicoires* e outros epítetos.

O SONHADOR PROFISSIONAL

O "jogo do bicho" é proibido? Bom, o fato é que, no Bom Retiro, desde que me conheço por gente (e isso já faz tempo), vem sendo praticado com gosto e proveito na mais ampla liberdade possível. Não vou falar aqui do que ocorre com os moradores de outros bairros, pois não sou nenhum estudioso da matéria. No entanto, no que diz respeito ao Bom Retiro, estão todos de tal modo envolvidos, que não sei como passariam sem ele.

Lembro-me com certa saudade dos "joguinhos" (diários) que a minha própria mãe costumava fazer. Sem ser nenhuma analista freudiana, era capaz de interpretar os sonhos da noite, e os canalizava seguramente, às vezes com surpreendente êxito. E, pelo que sei, todas as suas vizinhas, como ela, tentavam igualmente a sorte.

O macaco, o jacaré, a cobra, o veado, a vaca entravam em seus sonhos de qualquer maneira. E, se não entravam, dava-se um jeito. Era uma pura questão de interpretação. Quem sonhasse, por exemplo, com Hitler, certamente jogava no porco. Com banana, no macaco. Com veneno, na cobra. Com anti-semita, no cachorro. Com quedas do alto de um telhado (pesadelo muito comum naqueles tempos) jogava-se no... na..., não sei como fui me esquecer do raio do bicho em que se poderia jogar num caso desses. Mas, o fato é que qualquer sonho, por mais idiota que fosse, servia.. O importante era sonhar.

E quando não se sonhava? Bem, até mesmo um problema como esse, no velho Bom Retiro, foi no seu devido tempo contornado. Não sei bem quando, nem como surgiu em nosso quarteirão um tipo que dormia demais, sonhava demais, e que, por isso mesmo podia vender os seus sonhos por uma bagatela. E foi a ele que muita gente começou a recorrer, na falta de sonhos próprios. E, acreditem no que digo, era um profissional absolutamente honesto. Tão honesto quanto o sapateiro, o professor, o carvoeiro, o barbeiro, o açougueiro (aliás, este não era muito).

Pois, outro dia, estando de passagem pelo Bom Retiro, ao sentar-me para um breve momento de reflexão num dos bancos do Jardim da Luz, lembrei-me curiosamente dessas coisas. Teria mudado o "jogo do bicho"?

O Jardim, este pelo menos estava muito mudado, sem dúvida. Estranhei os tipos que andavam por ali. Malandros, prostitutas, aposentados. A poucos passos de onde me encontrava, estavam abancados três velhinhos. Um deles, o do meio, aparentemente cochilava, enquanto os dois outros que o ladeavam mantinham-se calados. Notei que, quando qualquer pessoa tentava aproximar-se, faziam logo um gesto de quem pede silêncio.

Pareceu-me um tanto estranho esse comportamento deles. O dorminhoco continuava tranqüilamente o seu sono. Quando resvalava para um dos lados, imediatamente recebia amparo atencioso e delicado por parte tanto de um como do outro, verdadeiros guardiões.

Por fim, vindo sentar-se no meu banco alguém que os havia cumprimentado, não titubiei:

— O senhor conhece esses homens?
— Ora, são velhos amigos.
— E quem é o dorminhoco?
— Este é o amigo de todos: o nosso sonhador.

Meu espanto foi grande:

— O sonhador profissional?! Não pode ser! O do "jogo do bicho"?
— Sim, mas está em vias de aposentar-se. O problema dele é que agora dorme pouco.
— Então, não sonha mais?
— Sonhar, ainda sonha, mas nem sempre se lembra. O senhor vê os dois amigos que estão ao seu lado: esperam dele um provável sonho.

Diante do meu silêncio, o homem balançou a cabeça e completou a informação:

— Bem, tudo tem o seu fim.

A ESTRELA DE DAVID

Motl estava atrás do balcão quando surgiram os dois assaltantes: um mulato e um negro. O mulato empunhava um revólver, e o negro, uma peixeira. Por sorte, não havia mais ninguém na pequena loja.
— Passe logo o dinheiro — sibilou o mulato, apontando a gaveta.
— Dinheiro! Quanto? — perguntou Motl, sem perder a calma.
— Esse cara pergunta "quanto"! Tudo!
— Não é justo, posso lhe dar alguma coisa.
— Cale a boca e raspe a gaveta, ouviu, ó cara...
O negro adiantou-se, abriu a gaveta e olhou para dentro.
— Aqui só tem uma miséria — informou ele, embolsando tudo rapidamente.
— Claro, meu negócio não é nenhum banco.
— Vamos logo acabar com esse cara — gritou o mulato, que era o mais nervoso, agitando a arma.
— Oi, *pavolinque*...
— ? P Q P ?!
— Calma, calma, isso ainda pode disparar...
— É o que vai acontecer se não me descolar já uma boa grana, ouviu, seu pilantra?
— Opa... nada de ofensas.

O mulato encostou-lhe o cano do revólver no peito: — Mais uma gracinha e eu acabo com a sua raça, ouviu?
— Me passa pra cá o relógio e o anel — emendou o outro, que limpava o balcão com uma larga sacola de couro.
— A minha aliança?!
— Sim, a aliança, seu carcamano.
— Carcamano, não; judeu.
— Não discuta comigo, e me passe também essa correntinha que tem no pescoço.
— O quê? Meu *moguen-dovid*?!
— Você entendeu o que ele disse? — perguntou o negrão, rolando os olhos.
— Esse cara tem uma língua dos diabos! Arranque dele logo a coisa — gritou o mulato, com o canudo de fogo bem apontado para a cabeça de Motl.
— Eu já disse: meu *moguen-dovid*, não!
— Ele tá é me parecendo pancada — observou o assaltante negro, um tanto cauteloso. — Olhe aí, seu moço, me passe logo esse troço se não quiser ver seu sangue sujando a porcaria desta loja.
— Pois pegue o que quiser, menos o meu *moguen-dovid*.
— O que é que tem de mais esse monha-monha? — o negro indagou-lhe espantado, deixando entrever uma tremenda fileira de dentes brancos.
— O senhor não estima a sua cruz? É a mesma coisa para mim.
— Ah, então é troço de religião?
— Sim e não. Religião...
— Não vamos discutir religião aqui, tá?
— Estou de acordo — respondeu Motl. — O *moguen-dovid* fica comigo.
— Acho que esse monha-monha dele deve valer uma nota — interveio o mulato e, com rispidez, ordenou ao comparsa, que se encontrava ainda hesitante: — Pegue o monha-monha dele na marra!
— Meu *moguen-dovid*, não — insistiu Motl.
— Aôôoo monha-monha...
E, quando ele viu os dois avançando para o seu pescoço, não teve dúvidas. Num gesto rápido, agarrou-os, cada qual com uma mão, sacudiu-os como se sacode dois sacos vazios, arrebatou-lhes as armas e os pôs a correr.

Motl, que é também "leitor de *Torá*" da nossa sinagoga e de quem nunca se viu, apesar dos quase dois metros de altura, um só gesto de violência em toda a sua vida, quando o assunto veio à baila no *Shabat*, justificou-se dizendo:

— Imaginem! Aqueles dois "anti-semitn" queriam pegar o meu *moguen-dovid*!

AS TIME GOES BY

Ainda me lembro quando assisti pela primeira vez a *Casablanca*. Eu e meu amigo Bernardo, numa sessão noturna do Cine Lux. Tínhamos então nossos 14 anos incompletos, não mais do que isso, e o mundo literalmente nos pertencia. Embora não passasse de um mundinho tacanho e sombrio, aquele dos anos 40.
    Terminado o filme, saímos noite afora pisando estrelas. A José Paulino, para nós, virou rua de Casablanca.
    — *You must remember this* — cantou Bernardo, com o ar sorumbático do Humphrey Bogart.
    — *A kiss is still a kiss* — completei, num tom grave.
    Naturalmente estávamos pensando em Ingrid Bergman, no seu lindo chapéu branco de abas largas lhe ocultando uma das faces, e no pobre Bogie, que ficara vendo nuvens, ali no aeroporto, ao lado do seu amigo Claude Rains, enquanto ela partia para a liberdade. No ar, ecoava com certa pungência a trilha sonora de *As Time Goes By*.
    — O filme tem dois ingredientes importantes: liberdade e amor — comentou Bernardo, filosófico.
    — O Paul Henreid luta pela liberdade, o Humphrey só tem olhos para o seu amor — acrescentei, mais filosófico ainda. — Você faria qual dos papéis?
    A questão ficou em aberto. Bernardo fechou-se nas suas reflexões. Passado algum tempo, voltou a cantar:

— "Lembre-se disto, um beijo é um beijo, um homem é só um homem..."

Com essa deixa, naturalmente tive de cumprir a minha parte:

— "As coisas fundamentais continuam, enquanto o tempo voa..."

Por um instante, ele largou sua pose "bogartiana", para me dar simplesmente um sorriso judaico:

— Toca de novo, Sam.

Foi aí, então, que, por sugestão de não sei quem de nós (naquele tempo, andávamos ambos irremediavelmente apaixonados pela mesma pequena), partimos sem titubear rumo à casa que ficava na Rua Prates.

E, debaixo da janela, rua deserta e adormecida, miríades de estrelas luzindo no céu, começamos a serenata:

— *You must remember this.*

E dá-lhe mais não sei quantas vezes *a kiss is still a kiss*. Foi, sem dúvida, uma tremenda cantoria. Cantávamos a plenos pulmões. Afinal, naqueles tempos, como já disse, o mundo de fato nos pertencia. Nossa donzela tinha forçosamente de nos ouvir.

Foi quando (não mais do que de repente) se abriu a veneziana. E eis que surge atrás dela, em carne e osso, a excelentíssima progenitora da nossa musa inspiradora. Nem deu tempo de gritar água vai. E lá veio água, balde cheio até a borda. Banho merecidamente completo.

Ensopado, encharcado, paletozinho vazando água por tudo quanto fosse bolso, água correndo pelos cabelos e pelos olhos, meu amigo não perdeu nem um pouco da compostura e, como o poeta de quem copiara o gesto:

— Por favor, minha senhora, agora lance o sabonete.

Pano rapidíssimo.Breve intervalo de muitos anos. Último ato: meu camarada Bernardo filia-se ao Dror, faz *aliá*, vive num *kibutz* (naturalmente, Bror Chail) e chama-se hoje Dov.

AO VERME QUE PRIMEIRO ROER AS FRIAS CARNES DO MEU CADÁVER

Da última vez que estive no Butantã, enquanto esperava a minha mulher, que fora acender velas no túmulo do pai, atraiu-me a atenção a conversa entre dois senhores sentados num dos bancos à sombra de um cipreste.

— Você já comprou o seu lugar?

— Andei vendo, mas ainda não me decidi.

— Na parte do meio está tudo lotado. Na do Jardim América tem, mas é muito caro. Nas laterais, venta muito.

— Pois eu estive olhando algumas vagas do setor novo.

— Que tal?

— É razoável, a topografia é boa: plana, sem acidentes. O clima não é mau.

— E a vizinhança?

— Aí é que está, minha mulher faz questão de gente fina. Nada de fofoqueiros, de extravagantes, de arruaceiros.

— A minha prefere pessoas do nosso próprio bairro, do nosso próprio meio. Diz que, na hora do aperto, um conhecido é sempre melhor do que cem estranhos.

— De minha parte, estou de acordo com minha mulher; só acrescentaria uma coisa. Não sou reacionário, mas tenho horror ao pessoal da "esquerda" que vive fazendo piquetes. Quero distância deles.

— Bem, se você está à procura de vizinhança com dinheiro, não vai ser fácil. Esses lugares já estão em sua maioria tomados; os poucos que restam custam uma nota.
— Quem falou em vizinhança com dinheiro? O plano nosso é mais modesto: nem muito rica, nem muito pobre. Pessoalmente, prefiro gente tranqüila, de posses médias, com família bem constituída, moderada.
— Moderada?!
— Sim, nada de exageros, sobretudo quando vêm prestar visitas, detesto comícios.
— Entendi.
— Entendeu? Não sei se você pensa do mesmo modo.
— A bem da verdade, eu e minha mulher ainda não chegamos a uma conclusão. Engraçado: eu prefiro vizinhos alegres, otimistas, de bom humor, dotados daquilo que os franceses chamam de *joie de vivre*; mas a minha mulher prefere o pessoal sério, religioso, linha bem tradicional, nada dos modernosos. A discussão entre nós já começa quando vamos assistir a um filme: eu sou pela comédia, ela pelo drama.
— Por falar em mulher, a minha morre de ciúmes só de pensar que algum dia uma dessas "jovenzinhas", como ela diz, venha acomodar-se ao meu lado.
— É como eu digo: nessa quadra da vida, é bom escolher com cuidado os nossos lugares, não dá para arrepender-se mais tarde.
— E quanto ao preço das vagas no setor novo, dessas que têm topografia plana?
— Estão pela hora da morte.
— Não me diga!
— Ora, que que hoje em dia está barato? De qualquer maneira, acho que o conforto de uma posição horizontal, ao invés de uma em rampa, vale bem o preço que pedem.
— Núú... quanto?
— Bem, pelo que sei, o preço em *lokshn* é...
Nisto, tendo chegado naquele justo momento a minha mulher, escapou-me não só o número, como todo o resto do diálogo. No entanto, caso o leitor amigo estiver interessado mesmo, é só dar uma passadinha pelo Butantã, qualquer domingo: postar-se ao pé de um cipreste, e certamente acabará ouvindo a informação completa.

ARENQUES E SARDINHAS

Faz poucos dias que cessou o velho desentendimento entre Ruvque e Iossque. Ninguém de nossa sinagoga saberia dizer exatamente quando e como começaram as desavenças desses dois. Apresso-me, porém, a dizer que tais desavenças, mesmo as mais acerbas, nunca passaram de certos limites: judeus não brigam, no máximo discutem.

O fato é que, ao longo de todos esses anos, eles andaram criando questiúnculas, fazendo insinuações, trocando alfinetadas e ironias. Mesmo quando vazia a sinagoga, procuravam ocupar assentos afastados: um na ala direita, outro na ala esquerda. Seus lugares tinham de ser iguais, nem mais baixos, nem mais altos, nem mais nem menos privilegiados. Sabíamos de suas suscetibilidades. Se o presidente, por acaso, dirigisse algum gracejo a um, tinha de fazê-lo igualmente ao outro. Se o primeiro fosse convocado à *Torá*, o segundo não sossegava enquanto não recebesse igual honraria. Se se pedisse a opinião de um, não se podia deixar de ouvir o outro.

Todos os sábados em que Ruvque era chamado a dirigir as orações de *Shaharit*, Iossque não ousava levantar os olhos e, quando o fazia. o sorriso que deixava transparecer era de quem estivesse convencido de uma coisa: "Esse sujeito não se enxerga, quer bancar o *hazan*..." E, invertidas as posições, com a vez de Iossque subir ao púlpito e mostrar o quanto vale um *baal-tefilá,* cabia a Ruvque trocar sorrisos de complacência com todo o mundo: "Coitado, o nosso amigo aí não se enxerga..."

Nos Grandes Dias Santificados, ambos tinham funções importantes. Ruvque era quem se incumbia de, durante as orações principais, distribuir honrarias, trazendo este ou aquele para correr a cortina e abrir as portas do *Aron-Hacodesh*. A função de Iossque, entretanto, não era menos importante: cabia-lhe a grave responsabilidade de cuidar da nossa disciplina. Ora, sem disciplina, como é que o Eterno poderá ouvir ao Seu povo?

Todas as vezes que o presidente, irritado, reclamava dos cochichos e das conversas fora de hora, Ruvque estava ali por perto, para lhe dizer: "Mas, afinal de contas, quem é que toma conta da disciplina?!"

Por outro lado, nas poucas ocasiões em que o nosso Ruvque, descuidado, se esquecia de mandar abrir as portas do *Aron-Hacodesh*, quando estas deviam estar bem abertas, era Iossque quem corria imediatamente ao presidente e exclamava: "De novo, meu Deus! Assim, não é possível!"

A verdade, no entanto, é que ambos se dedicavam aos serviços da sinagoga e de Deus com a mesma intensidade e com a mesma devoção. E, diga-se, fazendo parte da Diretoria, esforçavam-se ao máximo para suas divergências nunca virem a afetar o bom andamento das reuniões e, sobretudo, ao que se precisava decidir. Só uma vez não se controlaram, e a discussão desandou. O bate-boca deixou a todos constrangidos.

A coisa começou com uma proposta de Iossque:

— Proponho que no *chalechudes* se sirva também arenque.

— É muito caro — reagiu imediatamente Ruvque. — Bastam sardinhas.

E foi um tal de gritar "arenques" de um lado, "sardinhas" de outro.

Convém aqui esclarecer aos que não conhecem devidamente a nossa sinagoga como transcorrem esses *chalechudes*. Ao entardecer dos sábados, no intervalo de *Minhá* e *Maariv*, é costume servir aos presentes um pouco de *shnaps*, pão preto, umas rodelas de cebola embebidas em azeite de oliva e... aí é que surge a tal questão: sardinhas ou arenques? Os 13 ou 14 fiéis que ali vêm (às vezes, esse número é acrescido de um ou dois enlutados que precisam dizer o *Cadish*) sentam-se ao longo da mesa que fica no salão de baixo e, entre um gole e outro, vão entoando *Zmirot* de *Shabat* até o momento de se avistar no céu a primeira estrela.

Pois bem, como resultado nefasto de toda aquela querela, acabamos por ficar sem uma coisa e sem outra, isto é, nem arenques, nem sardinhas. Mas, tanto Ruvque como Iossque (dois bons *litvaques,* diga-se de passagem) não desistiram. A quem os quisesse escutar, viviam apresentando seus argumentos, e a polêmica arrastou-se por meses, sem trégua nem quartel. Por todo esse longo tempo, só ouvíamos falar das sardinhas de Ruvque e dos arenques de Iossque. E está claro que os grupos começaram a se dividir: uns a favor de sardinhas, outros a favor de arenques.

Mas aí o destino meteu a sua mão. Semana passada, a notícia do falecimento de Iossque estourou entre nós, deixando-nos atordoados. Entretanto, mais do que todos, quem se deixou abater foi, sem dúvida, Ruvque. Andou pelos cantos da sinagoga, inconsolável, desolado, como se tivesse perdido seu próprio irmão.

O nosso espanto foi ainda maior quando, ao entardecer do primeiro sábado, o vimos empunhando duas grandes travessas.

— Estes arenques — disse-nos ele, pondo uma pedra de vez no velho desentendimento —, quem vos oferece é meu amigo Iossque. Que sua alma descanse em paz!

DITOS E PONDERAÇÕES QUE OUVI NO PLETZL

★ O sábio sabe o que diz, o tolo diz o que sabe.
★ Antes um galo na mão do que uma águia no céu.
★ O mundo está cheio de problemas, mas só temos olhos para os nossos.
★ Os sapatos das crianças pobres crescem com os seus pés.
★ Um grama de sorte vale mais do que uma tonelada de ouro.
★ Tudo é bom, mas no seu devido tempo.
★ O asno é reconhecido pelas orelhas, o tolo pela língua.
★ Quando o coração está cheio, os olhos transbordam.
★ Antes um pé torto do que uma cabeça torta.
★ As coisas boas são lembradas, as más sentidas.
★ O homem é o que é, não o que foi.
★ As comportas das lágrimas nunca estão fechadas.
★ Não fosse a luz, não haveria sombras.
★ Quem não presta para si, não presta para os outros.
★ Os vermes roem os mortos, as preocupações os vivos.
★ O gato, usando luvas, não apanha nenhum rato.

★ Se meu avô tivesse rodas, seria uma carroça.
★ O *litvac* é tão esperto que já se arrepende antes mesmo de cometer o pecado, mas comete.
★ O rosto é o nosso pior delator.
★ Chora perante Deus, ri perante os homens.
★ O coração e os olhos são agentes do pecado.
★ Mais vale uma palavrinha antes do que dois palavrões depois.
★ Só com sabedoria não fazes a feira.

EM NOME DE NOSSAS ESPERANÇAS COMUNS

— Como vai, Zorro? — arrisquei.
O sujeito meio calvo, encurvado, saindo de uma loja da José Paulino, encarou-me com algum espanto.
— Ora, não me reconhece?
Por fim, abriu-se num sorriso constrangido, aquele sorriso que me fora tão familiar uns trinta e poucos anos atrás. Sem dúvida, eu tinha diante de mim, como assombração do passado, a figura de um de meus velhos amigos de infância.
Ainda a hesitar, trocamos ligeiro abraço, depois um disfarçado olhar de mútuo exame. O tempo, dei-me conta, fizera ali suas devastações. Na verdade, pouca coisa havia sobrado, a não ser vagos, remotos traços.
Pela roupa, gravata, pastinha de couro, adivinhei-lhe logo a atividade.
— Então, trabalha no comércio? — indaguei.
— Sim, representações.
A partir daí, o diálogo não fluiu espontâneo. A não ser a infância distante, nada tínhamos em comum. Éramos agora dois mundos diferentes, separados. De parte a parte, uma palavra forçada aqui, outra ali, algumas pausas, depois a despedida.
— Bem, os negócios me chamam — disse-me. Dei-lhe a mão, um gesto formal, quase indiferente, depois cada qual partiu para o seu rumo.

Não me lembrava mais do nome verdadeiro dele. Creio mesmo que nunca o soube, Zorro era como eu o conhecia. Zorro! Aaa — iôôô — Silver! O grito me ecoava na memória.

Sentados ali no meio-fio, à noitinha, estávamos reunidos numa roda de meninos — meninos de rua. Naqueles tempos, num bairro como o nosso, só se brincava na rua. Tentei lembrar-me do garoto franzino, loirinho, rosto ligeiramente sardento, que estava do meu lado. Todos nós ríamos, ele ria também. Sim, desse riso eu me lembrava, pois alguma coisa havia nele.

Do que, afinal, estávamos tratando? Certamente, dos nossos heróis. Cada "seriado" produzia novo herói. Naqueles tempos, havia heróis em penca. Por isso, vivíamos pulando de um para outro. Sendo Flash Gordon, andávamos, corríamos, fazíamos *charme* como o Flash Gordon. Sendo Zorro, o Cavaleiro Solitário, como Zorro gesticulávamos, cavalgávamos... não, ninguém cavalgava como Zorro, pois, está claro, entre nós nem pangaré havia. Com mil demônios, onde iríamos arrumar um cavalo, ainda mais um cavalo branco como o Silver?

Ah, nossos heróis eram valentes, ousados, sempre justos, sempre ao lado da lei contra os bandidos! Na verdade, penso hoje, não era fácil encarnar heróis como aqueles. Tinham virtudes demais!

Da nossa roda, a certa altura, manifestou-se um companheirinho que vivia nos assombrando com seus eternos grunhidos:

— Tarzan ainda é o mais forte!

— Numa boa briga, Flash Gordon leva vantagem — retrucou outro, fanático pelo atleta de Yale. — É mais inteligente, Tarzan me parece meio burro.

Os dois quase foram às vias de fato. A roda acabou se dispersando. Do meu lado, prosseguiu um bom trecho o tal loirinho, que não tomara nenhum partido. Eu sabia que o herói dele era outro.

— Que que você acha? — perguntei, a certo momento.

Não me disse nada. Separamo-nos, cada qual tomou o seu caminho. Porém, de longe, vindo de alguma sombra, explodiu a resposta:

— Aaa — iôôô — Silver!

O eco soou por toda a rua, como se o próprio Cavaleiro Solitário surgisse ali, empinando seu cavalo.

Outra noite, tentei ainda arrancar-lhe o segredo, só pelo gosto de ouvir.

— Jura mesmo que não conta pra ninguém?
Fiz o juramento como mandava o figurino, e afinal ouvi.
— Pois saiba: sou o Zorro — confidenciou-me baixinho, num tom sério, assumindo ares dos quais eu nunca tinha suspeitado. E, depois, como um desabafo: — Mais uns anos, me livro de tudo e saio por aí à cata de aventuras.
Diante do meu espanto, que não pude esconder, ainda insistiu:
— Mas jura mesmo que não conta?
O que de fato me fez levar a sério e por tanto tempo tal juramento, não o poderia dizer. Sem dúvida, um juramento que me pesou muito toda vez que, ouvindo de longe aquele tremendo "Aaa — iôôô — Silver", perdido entre as ruelas de nosso bairro, os companheiros de roda trocavam olhares entre si e perguntavam: "Quem é esse cara"? Guardei-o como coisa sagrada.
Ah, as promessas vãs da infância!
No entanto, mesmo passados tantos anos, ao revê-lo, meio calvo, encurvado, pasta de couro debaixo do braço, ainda assim tive vontade de correr atrás dele e lhe dizer:
— Esteja seguro, companheiro, o juramento continua de pé.

PAIS E FILHOS

— Como vão seus filhos?
— Não me pergunte.
— Coisa muito séria?
— O que entrou na Politécnica resolveu sair.
— Motivo especial?
— Descobriu que não dá para engenheiro.
— Parece que esta praga está pegando mesmo. Vai fazer outra faculdade?
— Ele está pensando, ainda não se decidiu. Vive deitado no sofá, olhando para o teto. Minha mulher acha que não devemos pressioná-lo.
— E você, o que acha?
— Sinceramente, não consigo acompanhar as idéias dele. Meteu na cabeça que está tudo errado: a sociedade, o sistema, a vida, os homens, o mundo. Tudo o que ele diz, contradiz abertamente as opiniões gerais. Acusa tudo, o homem para ele já nasceu errado, Adão não passou de um burguesão.
— Por que não fala com ele de homem para homem?
— Tentei, mas, mal abri a boca, minha mulher me soltou os cachorros. Ela acha que ele está deprimido, perturbado, não devemos...
— ...pressioná-lo, já sei.
— Exatamente, não devemos pressioná-lo.
— E você concorda com ela?

— A coitada anda muitíssimo nervosa. Fora este, tem outro probleminha: o caso da nossa filha casada.
— Que que há com esta? Está doente?
— Pior do que isso, quer descasar.
— Não me diga! Tem algum motivo?
— Até hoje, ainda não descobrimos. Para ela, casamento já era, vive dizendo que quer um espaço só para si.
— Espaço, como assim?
— Espaço, espaço... Vejo que você também está por fora. E, por favor, não me venha com esses sorrisinhos amarelos.
— Não estou sorrindo, não. Tenho igualmente minha carga de aborrecimentos, meus *tzures*.
— Com os filhos, também?
— Não, com meu pai.
— Ora, não me diga! Que que há com ele?
— Meu pai, um sujeito que já passou longe dos setenta, resolveu entrar na USP. Vai fazer não sei se Paleontologia ou Línguas.
— Ora bem, isso é o que eu chamo de espírito jovem.
— Pois ele, que é viúvo, anda agora paquerando uma jovem estudante, e mais do que isso...
— O quê?
— Pretende casar e ter filhos com ela.

BELTZ, MAIN SHTETELE BELTZ

Minha cidadezinha! Cada qual tem a sua cidadezinha. Uma cidadezinha com uma rua e uma casa emergindo desfocadas por cima das névoas da memória. É curioso como essa rua e essa casa nos parecem tão grandes; a luz que as envolve, tão clara; e o perfume que vem delas, tão natural como o de folhas verdes.
Um dia, tal como o poeta, eu também quis rever o lar e os fantasmas de minha infância. Prates, 578. Do alto daquele sobrado, eu avistava o mundo. A escadaria, com seus degraus de mármore branco, me conduzindo para o azul do céu. O corredor, com seus ecos soturnos, me arrastando para regiões misteriosas e caminhos nunca dantes conhecidos. A sala, com seu relógio de parede, a marcar sonolento a passagem do tempo: bim-bom, bim-bom. O quarto, o meu quarto...
Bem, são essas coisas de que guardamos memória, com a deformação que o passar dos anos vai ampliando. E, um dia, resolvendo ir ao encontro delas, preparamo-nos para a violência da realidade. O pedaço de céu que avistávamos através da janela do quarto de dormir, como será agora? Aquelas sombras que se moviam ao longo do corredor, ainda nos assustarão? O vento encanado que penetrava pela porta da cozinha, ainda a fará ranger? E aquelas vozes insistentes que vinham da sala, ainda nos chamarão para o almoço?
Muitos fraquejam à última hora, e desistem da visita; preferem ficar com a visão definitiva de suas lembranças. Outros, no entanto,

vão em frente. Pois bem, não fraquejei, nem desisti, e aqui estou, defronte do 578, pronto para a experiência.

A rua é comercial. Os carros buzinam. A casa tem uma placa: "Vagas para rapazes solteiros". A escadaria já não possui degraus de mármore, nem tampouco conduz para o azul do céu. O perfume deixou de ser perfume: é um cheiro execrável de mofo. O que era grande virou pequeno. As vozes são rouquenhas e praguejam, e não chamam ninguém para o almoço. O corredor, este tem uma umidade que me dá calafrios. O quarto, ah, o meu quarto...

Fujo para o cinzento da rua, com a certeza de que não se trata, em hipótese alguma, de minha casa. Antes de me afastar, porém, ainda pela última vez lhe observo a fachada. Nesse instante, passa por mim um desconhecido, assobiando, melancólico. Por acaso, mero acaso, acreditem: *Beltz, main shtetele Beltz*.

PARA O MEU REBE, COM AMOR

Semana passada tendo *iortzait* de minha mãe, passei cedo pela sinagoga. Encontrei Sholem, o velho *shames,* como sempre preocupado com o *minian.* Ele olhava a toda hora para o relógio. Felizmente, o décimo homem chegou, e pudemos começar o serviço.
— É, estamos em cri-cri-cri... — a gagueira de Sholem aumentava com o seu nervosismo. — Estamos em cri-crise...
— Ah, sim, em plena crise financeira.
— Estou me referindo mais à cri-crise religiosa. Hoje em dia, não se vê mais nenhuma si-sinagoga lotada.
Fiquei quieto, sentindo-me um pouco culpado. Enrolei meu *tfilin* no braço, bem enrolado para não escorregar, enquanto pensava no que havia de verdade naquelas palavras de Sholem. Ele continuou:
— O que nos faz falta é um bom, bom...
— Sim?
— Um bom castigo do céu. Aí, sim, todos viriam correndo.
— Tem razão, Sholem.
— Nós, judeus, o povo eleito, estamos pe-perdendo a nossa...
— Fé?
— Sim, a nossa fé. E o que se pode, afinal, fazer?
— São tempos novos, Sholem — arrisquei.
— Essa cantilena eu-eu já conheço.

Na falta de outro, ele próprio subiu ao púlpito e, com certa pompa, começou aquele ofício das matinas. Curioso é que nisso não gaguejava nem uma vez.

Terminado o serviço, já guardando o *talit*, aproximou-se de novo de mim. Com um sorriso, me confidenciou:

— Enquanto rezava, sabe no que andei pensando?
— ???
— Ah, se o Eterno me desse a mim as rédeas, só-só-só por um momentinho!

Ele praticamente encostou a barba no meu ouvido para completar a confidência.

— E tendo comigo as rédeas...
— Sim?
— ...aí, eu chamava todos os nossos irmãozinhos às falas. E a cada um eu diria. "Está ce-certo isso, meu irmão?" Um por um, eu procurava meter-lhes no coração, sabe o quê?
— O quê?
— Um po-pouco de *idishkait*. Não é isso mesmo o que nos falta? Eu mandava cada um repetir os Dez Mandamentos.
— Tem toda a razão, Sholem!
— Bem, quanto aos outros, os mais cabeçudos...
— Sim?
— ...estes eu virava aqui no meu colo, como se faz com qualquer criança, de *tuhes* pra cima, e...
— E...
— ...e aplicava umas boas palmadas.

Ele me olhou constrangido e, depois de fazer uma pausa, deixou, afinal, escapar menos uma risada do que um suspiro.

Quando deixei a sinagoga e me vi sozinho na rua, o dia já começava a clarear. Ia ainda pensando no velho Sholem, com todos aqueles seus sonhos e problemas, quando me tocou uma coisa. Na verdade, uma coisa tão ingênua e tola que mal me atrevo aqui a confessar. Guardadas as proporções, Moshé Rabeinu, nosso mestre Moisés, não fora ele também um gago? Mas, mesmo assim...

TIPOS DE MINHA SINAGOGA

Em dado momento, os dois irmãos Shimen e Berque levantaram-se de seus lugares, do fundo da sinagoga, e vieram sentar-se discretamente ao meu lado. Querendo puxar prosa comigo, um deles perguntou:
— O senhor conhece aquela história de Winston...
— ...Churchill — completou o segundo.
O primeiro não se deu por achado e continuou:
— Churchill e Lady...
— ...Astor? — auxiliou-o de novo o segundo.
Eram como dois irmãos siameses. Estavam sempre interessados nos mesmos assuntos e compartilhavam as mesmas idéias e sentimentos. Impossível falar com um sem que o outro se metesse no meio.
— Não, não conheço — respondi sorrindo.
— Bem, é uma história muito engraçada — começou Shimen.
— Churchill e Lady Astor eram adversários políticos — informou Berque.
—Em pleno parlamento, eles viviam trocando críticas e alfinetadas — prosseguiu Shimen. — Uma vez, Lady Astor não se conteve e disse, em voz alta, para que todos a ouvissem: Se eu fosse a esposa de Churchill...
— Lhe dava veneno — completou Berque.

E Shimen, retomando a narrativa:
— Churchill, porém, não perdeu tempo e deu-lhe logo o troco, em alto e bom som: E se eu fosse o marido de Lady Astor, sem dúvida que o tomava.
A risada de Berque misturou-se com a de Shimen. Por cortesia, fiz cara de quem gostou da anedota e, por isso mesmo, tive logo que engolir outra.
— Certamente, você já ouviu falar de Rothschild? — começou Shimen.
— Este dos "Brindes Pombo"?
— Que "Brindes Pombo"! Não, não, trata-se do grande banqueiro judeu — me esclareceu Berque, pacientemente.
— Pois bem — prosseguiu Shimen —, um dia, o velho Rothschild tomou um táxi e...
— Não, não era táxi; naqueles tempos, ainda não havia táxis — Berque o corrigiu, imediatamente.
— Está certo, era coche de aluguel — admitiu o irmão.
— Pois, quando o cocheiro recebeu o pagamento do velho Rothschild, ao conferir o dinheiro, queixou-se: "Ora, o seu filho costuma me dar uma gorgeta maior!" Sabe, então, o que foi que Rothschild respondeu a ele?
— É que meu filho tem pai rico, mas eu, não — completou Berque.
E, de novo, as risadas dos dois se misturaram. Desta vez, porém, deixei-me ficar impassível.
— O senhor já conhecia esta história?
— De certo modo, sim.
— Bem, então, vou lhe contar uma outra — propôs Shimen.
Felizmente, fui salvo pelo *Baaltfile*, que, naquele exato momento, elevando sua voz, deu início ao serviço de *Maariv*. Mas, ao chegarmos às "Dezoito Orações" (*Shmone Essrei*), não pude resistir e dei uma olhada para os meus dois confrades que permaneciam ali, de pé, ao meu lado, de olhos fechados.
— *Baruchatá Adoshem...* — rezava um.
— *Elokeinu Ve-Elokei avoteinu...* — acrescentava o outro.
— *Elokei Avraham, Elokei Itzhac...*
— *Ve-Elokei Iaacov.*
Compartilhavam até mesmo as orações.
Terminado o ofício, fomo-nos todos dirigindo à saída. Berque e Shimen, sempre sorridentes, bateram-me nas costas. No entanto, antes da despedida final, como a fixação deles eram mesmo

os Rothschild, ainda tiveram tempo de me sapecar mais uma de suas historietas.

— O senhor, com certeza, sabe que a tumba de Reb Anshel Rothschild... — começou Shimen.

— ...que é o fundador da dinastia — apressou-se a me informar Berque.

— ...encontra-se no cemitério judaico de Frankfurt am Main — continuou Shimen. — Sabia?

— Não, nunca soube desse fato.

— Ah, nunca soube?! Pois é uma tumba maravilhosa. Conta-se que, certa vez, um *captzn,* dizem que era um *galitzianer*...

— Não, não era *galitzianer* — corrigiu-o Berque.

— ...foi visitar o túmulo e ficou profundamente...

— ...maravilhado — retomou Berque. — O *captzn,* diante do luxo e da suntuosidade daquela lápide, não se conteve e, sabe o que ele disse?

E aí, antes que um respondesse a pergunta do outro, eu próprio me adiantei e entrei de sola:

— Sei, sim! Ele disse: "Oi, ió, iói, isto é que é vida!"

JUNTANDO OS TRAPOS

— E agora Bela? O que fazer com o teu filho?
— Meu?! Nosso, você quer dizer.
— Está bem, está bem: o que fazer com o nosso filho?
— Confesso que me sinto ainda atordoada, Maier. É como se ele tivesse me acertado um tijolo na cabeça.
— Como é que iremos anunciar isso aos amigos?
— Amigos?! Antes, é preciso avisar os parentes.
— Meu velho não vai agüentar. Nem sei como é que tua mãe irá reagir a isso tudo, meu Deus. Como é que esse *beheime* teve a coragem...
— Por favor, não o chame de *beheime*.
— Está bem, retiro o *beheime*. Não é hora de discutirmos entre nós, temos agora de estar juntos mais do que nunca.
— Você conhece a família dela?
— Nem quero conhecer.
— Mas eles serão em breve nossos *mehutonim*. Devem estar tão chateados quanto nós.
— *Mehutonim*, desde quando? Se o nosso *beheime* vai apenas juntar os trapos com a moça, como é que os pais dela podem ser nossos *mehutonim*?
— Não o chame de *beheime*, repito. Isso me deixa ainda mais deprimida.
— Deprimido estou eu, que nem consigo pensar com clareza.

— Ora, meu caro Maier, não entendo a sua reação. Sempre achei que iria aceitar as coisas com mais naturalidade. Você sempre assumiu ares de liberal, de moderninho, de tolerante...
— Não diga asneiras, mulher. Esse *beheime* me tirou do sério.
—Afinal, coisas assim estão acontecendo muito, hoje em dia.
— Acontecendo com outros, conosco é diferente. Juro que nunca pensei que isso pudesse acontecer justamente a nós. Você está entendendo ou não, Bela?
— Podia ser bem pior.
— Por acaso, está tentando defender esse seu consumado *beheime*?
— Não o estou defendendo. Mas dê uma olhada e veja o que está ocorrendo na sociedade. Nosso filho não é um caso isolado.
— Para mim, ele não passa de um *huligan*. Se ele pensasse um pouco mais nos pobres avós dele...
— Você quer saber de uma coisa, Maier? Nossos pais estão muito mais preparados do que você possa imaginar.
— Ora, meu Deus, de onde foi que você tirou idéia tão maluca?
— Pois saiba: eles já estão sabendo de tudo.
— Não! Quem contou a eles? Não me diga que foi o *beheime*.
— Pois foi o próprio. Não só contou, como já apresentou sua queridinha a eles. E ainda mais: sabe quem vai dar suporte financeiro ao jovem casal?
— Quem?! Não me diga que...
— Digo, sim: exatamente os nossos velhos.
— Com certeza, ele os submeteu a uma lavagem cerebral.

MAIS DITOS E PONDERAÇÕES QUE OUVI NO PLETZL

* O dissabor está para o homem como a ferrugem para o ferro.
* Para quem não pode comer galinha, arenque também serve.
* A meia-verdade é uma mentira inteira.
* Como dizia Scholem Aleihem: A pobreza não é nenhuma vergonha, mas também não é nenhuma honraria.
* Quando Deus quer, a vassoura também dá tiros.
* Filhos pequenos não nos deixam dormir, grandes não nos deixam viver.
* Eu te peço, ó Criador do mundo: não me eleves ao céu, mas também não me roles por terra.
* Todo morro-acima tem seu morro-abaixo.
* Ninguém sofre pelos pecados alheios, bastam os nossos.
* Não sei cantar, mas entendo do assunto.
* Desde que foi criada a morte, ninguém está seguro da vida.
* A coincidência é um desses pequenos milagres em que Deus preferiu passar por anônimo.
* Não se mastiga com os dentes dos outros.
* O chapéu tem bom tamanho, mas a cabeça é que é pequena.

★ A bondade é a mais alta expressão de sabedoria.
★ Se o silêncio é recomendável aos sábios, tanto mais aos parvos.
★ Quando um cão ladra, outro logo o acompanha.
★ A pobreza é mais penosa do que cinqüenta flagelos.
★ A tolice alheia é uma piada, a nossa, uma desgraça.
★ Um tolo sabe avaliar o outro.
★ Não se vive de alegria, nem se morre de tristeza.
★ Toda aldeia tem seu idiota.

UM CERTO HAZAN ARGENTINO

— O que é que o senhor acha do argentino? — perguntou-me o correligionário que ocupava o assento do meu lado direito, naquela sinagoga de Porto Alegre, cidade em que me encontrei certa vez, durante os *Iamim Noraim,* nos meus tempos incríveis de engenheiro itinerante.

Ninguém sabia ao certo o nome do *hazan,* pelo que me fora dito contratado à última hora para aqueles importantes feriados. Sabia-se que era argentino, nada mais. Pelo menos na batina branca toda incrementada com que aparecera diante de nós, me dava a mim a viva impressão de um tremendo profissional.

— Resta saber como irá ele se sair nesta noite — completou-me a informação o próprio sujeito que me fizera a pergunta.

O *hazan* de quem eu ouvia falar, um homenzinho de baixa estatura, um tanto magro e pálido, já a postos no púlpito, ajeitou o barrete na cabeça e passeou mansamente os olhos pelo público que começava a lotar a pequena sinagoga.

— O senhor alguma vez já ouviu Sidor Belarsky? — o vizinho cutucou-me de novo. — Esse, sim, é que era um *hazan* de mão cheia.

— Belarsky?! — intrometeu-se outro do lado esquerdo, ajeitando o seu *talis.* — *Hazan* mesmo era Iossele Rozenblat, ninguém ainda o superou.

— Estou falando dos que estiveram aqui entre nós — corrigiu-o o primeiro. — Pois eu tive uma vez o privilégio de ouvir o grande Belarsky na A Hebraica de São Paulo. Oi, ió, iói, que *hazan!*

Nisto passou por nós o Vice, o homem que mandava e desmandava na sinagoga, cumprimentando a todos com o seu largo sorriso e com ares de verdadeiro triunfo. Meus dois vizinhos ergueram-se para apertar-lhe a mão.

— Núu, então esse argentino é dos bons? — perguntou-lhe um deles.

— Dos bons?! O passe dele vale uma nota.

— Barítono ou tenor? — lançou-lhe a pergunta imediatamente o segundo, que parecia entendido na matéria.

— Quem deve saber disso é o Berl, o contador, que o descobriu numa pensão do Bom Fim.

— Descobriu?!

— Pois é como eu digo: ele é um achado. Estávamos a nenhum, quando Berl encontrou o homem hospedado ali mesmo, nas nossas barbas. As referências que nos exibiu não podiam ser melhores, já trabalhou até mesmo em teatro *idish*. Era pegar ou largar, não tínhamos tempo a perder. O argentino é dos bons, vocês vão ver daqui a pouco.

Dito isso, afastou-se depressa para o seu lugar. Fixamos de novo os olhos na frágil e miúda figura do *hazan,* que permanecia de pé, no púlpito, isolado de todos, aguardando o seu momento. Não me passou despercebido o sulco profundo que começava a se desenhar na testa dos meus dois vizinhos.

— É um desrespeito a todos nós — explodiu, entre dentes, o do lado direito. — O Vice está nos empurrando, não um *hazan,* mas um *shlimazl.*

O segundo apoiou-o com uma frase mais contundente:

— Ou melhor, um legítimo *luftmensh.*

Eu não estava entendendo muito bem a reação deles e, quando lhes fiz a pergunta, ouvi o seguinte esclarecimento:

— Ora, meu amigo, contratar como ele contratou, assim às cegas, um argentino, numa pensão qualquer do Bom Fim, é, no mínimo, uma temeridade, para não dizer uma *meshigás.* São todos uns *shacher-machers,* uns *trombeniks,* uns *luftmenshen.*

Diante desse ceticismo amargo, pouco me restava senão me conformar. Mesmo porque, para dizer a verdade, bem pouca coisa esperava eu ao me ter metido naquela modesta sinagoga, para mim desconhecida, por mais respeito que merecesse a comunidade judaica de Porto Alegre, sem dúvida, bem menor do que a de São Paulo.

Dentro de pouco, os anciãos da congregação acercaram-se do *Aron-Hacodesh*. Erguemo-nos todos respeitosamente. Fez-se um grande silêncio; até mesmo as mulheres que se confinavam no alto do balcão cessaram as conversas. Apesar de todo o calor sufocante e da transpiração debaixo dos nossos *taleissim,* o momento podia-se definir como um momento de suprema solenidade.

E foi assim, numa atmosfera carregada, que o tal argentino, essa figura desconhecida que haveria de desaparecer logo depois, sem deixar sequer endereço, e a quem os meus céticos vizinhos consideravam antecipadamente uma farsa, um típico *luftmensh,* fez subir aos céus uma soberba, tonitruante e comovente voz. Para mim, sem sombra de dúvida, foi o melhor *hazan* que já pude ouvir em toda a minha vida.

Só não provocou aplausos porque, como sabem, é proibido aplaudir em sinagoga. Mas que ele arrancou lágrimas, não só dos nossos dois confrades exigentes e terrivelmente céticos, mas de muita gente ali, ah, isso arrancou.

OS TRINTA E TRÊS MOMENTOS FELIZES DE CHIN

Releio no velho livro *A Importância de Viver,* do escritor chinês Lin Yutang, traduzido pelo poeta Mário Quintana, a curiosa enumeração que Chin Schengt'an, o grande crítico impressionista do século XVII, nos faz dos momentos que considera verdadeiramente felizes da vida. Computou-os com um amigo seu, quando estiveram encerrados dez dias num templo, devido às chuvas. Alguns desses momentos são bastante delicados e estranhos, como os seguintes que aqui transcrevo textualmente:

"É um dia de verão. Saio descalço, com a cabeça descoberta, para ver os jovens que entoam canções de *Soochow,* enquanto trabalham na roda do moinho. A água salta sobre a roda em tumultuosa corrente, como prata derretida ou como neve fundida nas montanhas. Ah, não é isto a felicidade?"

"Ouço meus filhos recitarem os clássicos com tanta fluência, como o jorro de água que se verte de um jarro. Ah, não é isto a felicidade?"

"Nada tendo que fazer após uma refeição, trato de revistar umas velhas arcas. Encontro dúzias ou centenas de promissórias de gente que deve à minha família. Alguns morreram, outros ainda vivem, mas, de qualquer modo, não há esperança de que nos paguem. Sem que me vejam, faço com elas uma fogueira, e olho o último fumo que desaparece no céu. Ah, não é isto a felicidade?"

"É um dia quente, sem um hálito de vento, nem traço de nuvens, o pátio e o jardim são como fornos, e nem um pássaro ousa voar. O suor escorre por todo o meu corpo em pequenos arroios. Nesse momento, quando me sinto tão desventurado, há um trovão repentino, e começa a cair das goteiras, como cataratas, a água da chuva. Cessa a transpiração, desaparece a pegajosidade do solo, e posso, então, comer o meu arroz. Ah, não é isto a felicidade?"

Tendo chegado ao fim da leitura dos outros tantos momentos felizes, trinta e três ao todo, comecei, de minha parte, a refletir como é que um desses patrícios meus do Bom Retiro, naturalmente com o espírito bem distinto do de Chin, encararia os seus momentos mais felizes. Eis alguns deles:

"Saio ao encontro dos amigos no *Pletzl*, e ouço de longe um zunzum. 'O que é?', pergunto. E me respondem: 'Então, você não sabe? Os árabes acabam de assinar a paz com Israel'. Ah, não é isto a felicidade?"

"É uma manhã de primavera, o sol entra pela janela. Abro o *Estadão*, e o que vejo na primeira página? 'Reagan e Gorbachev assinam em definitivo um tratado segundo o qual todas as armas nucleares, mísseis e ogivas serão enterrados numa vala comum'. Ah, não é isso a felicidade?"

"Ouço meus filhos recitarem com fluência trechos da *Mishná* e da *Torá*. Ah, não é isso a felicidade?"

"Saio ao campo (não me perguntem onde fica), e encontro à margem de um regato de águas frescas e cristalinas um lobo e um cordeirinho brincando. Ah, não é isto a felicidade?"

"Entro na sinagoga ao entardecer de um dia comum da semana e a encontro lotada como se fosse um *Iom Tov*. Ah, não é isto a felicidade?"

"Nada tendo que fazer após uma refeição, trato de revistar umas velhas arcas. Encontro dúzias ou centenas de promissórias de gente que deve à minha família. Faço com elas uma fogueira e repito comigo. 'Ainda bem que esse regime besta terminou'. Ah, não é isto a felicidade?"

"É um dia quente, sem um hálito de vento, nem traço de nuvens; o pátio e o jardim são como fornos. O suor me escorre por todo o corpo. Neste momento, quando me sinto tão completamente desventurado, há um trovão repentino, e começa a chover. Cessa a transpiração, desaparece a pegajosidade do solo, e posso, então, comer o meu pão com manteiga (naturalmente, este me foi inspirado pelo velho Peretz). Ah, não é isso a felicidade?"

Suponho que a minha lista, modéstia à parte, não esteja nem um pouco inferior à de Chin, e ainda pretendo ampliá-la. Se os amigos leitores tiverem também a sua, por favor, não me deixem de remeter sugestões.

APENAS UM CORAÇÃO SOLITÁRIO

— Alô!
— Sim, pode falar.
— Aqui quem fala é um ouvinte do seu programa.
— Pois não, como é o seu nome?
— Coração Solitário, do Bom Retiro.
— Entendi, estou às suas ordens, pode falar.
— Quero um conselho.
— Estou ouvindo.
— Ninguém me ama...
— Pois não.
— ...ninguém se interessa por mim...
— Pois não.
— ...ando cheio do mundo...
— Pois não.
— O senhor só sabe dizer "pois não"?
— Um momento, qual é o seu problema?
— O senhor ainda não percebeu?
— Com toda a franqueza...
— É o senhor quem responde pelo "Consultório Sentimental"?
— Sim, sou eu mesmo, pode falar.
— Ando cheio da vida...
— Pois bem.

— ...o senhor acha que o meu caso tem solução?
— O seu caso é normalíssimo. O senhor usa o desodorante que o nosso programa aconselha?
— Sim.
— E o dentifrício?
— Também.
— E a marca de cigarros?
— Também.
— Então, o senhor está em condições de resolver qualquer problema.
— Desculpe, mas não consigo arranjar nem mesmo uma garota.
— É uma questão de tempo.
— Meu salário não dá pra nada.
— E de quem é que dá? Mais alguma coisa que o aflija?
— Ando descrente, sem esperança.
— Ora, descrente! Não posso entender isso.
— O senhor parece que não lê jornais... greves, perturbações, misérias, "Guerra nas Estrelas"...
— Mas, afinal, qual é o conselho que pretende de mim?
— Como é que a gente poderia ser mais feliz?
— Bem, nossos patrocinadores garantem prêmios extraordinários. É só estar em dia com os seus carnês.
— PQPXO!?!
— O senhor disse alguma coisa?
— Eu disse que estou absolutamente em dia com todos eles.
— Então, meus sinceros parabéns. Aguarde o próximo sorteio, a sorte pode estar rondando a sua porta. Sacou?
— Sim, começo a sentir-me melhor, muito obrigado.
— De nada. Só para efeito de registro, como é mesmo o nome do amigo ouvinte?
— Meu nome? Bem, pode registrar: Coração Safenado.

JOGO DE CARTAS

— Bem, Raquel, jogue fora uma carta, estou esperando um tempão.
— Calma, Maier, preciso fazer minhas contas.
— Pela madrugada! Assim, não tem graça.
— Ah, é! Você demora muito mais do que eu!
— Pronto, lá vem ela com acusações. Vai jogar ou não vai?
— Está bem, tome um valete.
— Até que enfim!.
— Me diga uma coisa, Maier: você acha certo o nosso caçulinha fazer as "Laranjas"? Ele é muito criança.
— Todos os colegas dele vão fazer, e são tão crianças quanto ele. Adolescente que se preza tem de fazer as "Laranjas".
— Mas o Jaiminho não sabe nem amarrar direito o cadarço dos sapatos...
— Dos tênis, você quer dizer; nunca vi ele calçar um par de sapatos.
— Bem, jogue de uma vez, Maier, estou perdendo a paciência.
— Vá lá, tome um oito de paus.
— Obrigada, esta carta me serve. Agora, preciso ver direitinho o que vou fazer, por favor, não me apresse.
— Não estou apressando ninguém.
— É que você fica com esse olho em cima de mim.

— Se não deixarmos o Jaiminho ir, ele vai virar a casa de pernas pro ar.
— Quem disse que não vamos deixar? Eu só disse que ele é muito criança. Acho que você precisa ter uma conversinha com ele, uma de pai pra filho. O garoto tem 16 anos e precisa de uns bons conselhos.
— Mais do que você já deu? Núúú, Raquel, estou esperando...
— Esperando o quê?
— Jogue fora uma carta.
— Não vai começar a me pressionar de novo, vai?
— Pela madrugada, mulher! Quanto tempo você vai levar para jogar?
— Ora, você demora muito mais do que eu. Está bem, deixe-me descer esta canastra. Eu bem que podia esperar mais um pouco para fazer uma real.
— Raquel, Raquel! Você, realmente, tem mais sorte do que juízo.
— Ah, é! Quando estou ganhando, você sempre acha que tenho sorte!
— É o que, às vezes, me parece. Bem, jogue fora uma carta.
— Está bem, tome lá um rei de copas...
— Obrigado, muito obrigado, era justamente do que eu precisava.
— Está vendo, você fica me pressionando a ponto de me confundir... Acabei lhe dando o que não queria.
— Não se preocupe, ainda não bati.
— Se o Jaiminho for para as "Laranjas", que faremos nós, nestas férias?
— Podemos ficar em Guarujá.
— Estou cheia de Guarujá. Todos os nossos amigos vão para Punta Del Este.
— Punta Del Este! O que tem de bom em Punta Del Este?
— A Esterzinha já esteve lá com o marido e disse que é ma-ra-vi-lho-so. Vai de novo, este ano.
— Quem mais vai pra lá?
— A Ratze e o Carlos, a Pola e o Shmul. Vão de carro. Que que você acha de combinarmos com eles?
— Não sei, não. Não agüento esse pessoal, são muito frescos para o meu gosto.

— Ora, Maier, não seja nenhum desmancha-prazeres, não agüento mais a rotina. Pelo amor de Deus, você vai ou não jogar uma carta?
— Creio que bati, e com canastra real.
— Essa é boa! Você disse que não ia bater.
— Mas bati, desculpe.
— Pra mim, chega, não vou jogar mais esta droga de jogo.
— Você disse Punta Del Este, querida?
— Sim, Maier.
— Bem, deixe-me pensar um pouco, talvez não seja má idéia.
— É uma excelente idéia, querido. Uma idéia genial. Ah, Punta Del Este! Já imaginou as roupas que vou usar?
— Vamos com calma, Raquel.
— Calma? Está bem, vamos com calma. Que tal começarmos uma nova partidinha, hein, Maier?

JOGANDO CARTAS, ENQUANTO O HALLEY PASSA

> "Ora (direis) ouvir estrelas! Certo
> Perdeste o senso!" E eu vos direi, no entanto,
> Que, para ouvi-las, muita vez desperto
> E abro a janela, pálido de espanto...

— Como é que se pode jogar com um carnaval desses na mão?
— Ora, Raquel, você tem recebido uma quantidade incrível de coringas!
— Pois, desta vez, não recebi nenhum, e ainda por cima me vem este carnaval.
— Bem, você vai jogar fora uma carta ou não vai?
— Que impaciência, Maier! Vá lá, tome um três de paus.
— Três de paus?! Obrigado, sem dúvida, uma grande carta!
— Não acha, Maier, que foi muita delicadeza dos amigos nos convidarem para ver o Halley?
— Delicadeza foi, mas ver, não vimos.
— No entanto, ninguém de nós esquecerá jamais essa noite: estrelas brilhando no céu, jantar à luz de velas, casais dançando por entre as mesas do jardim.
— E foi desse modo que apanhei o resfriado, querida.
— Será que você não vê o lado romântico da coisa, Maier?
— Posso vê-lo, sim, mas que fiquei resfriado, fiquei mesmo.
— Imagine, daqui a 76 anos, nossos netos contando aos amigos as peripécias da excursão noturna dos seus avós, quando decidiram ver o cometa vagabundo a cruzar os céus de Atibaia!
— Se disserem a verdade, dirão que o coitado do avô deles apanhou um miserável resfriado que o prostrou na cama, durante uma semana, e não viu coisíssima alguma.

— De fato, foi uma grande pena nós o termos perdido, Maier. A noite teria sido completa.

— Em compensação, pelo que sei, os nossos avós também não o viram, da última vez. Quem sabe, no próximo século, nossos netos terão mais sorte.

— Nossos netos?! Ah, Maier, você me dizendo isso, me deixa realmente muito emocionada. Imagine, nossos netos...

— Espere um pouco, Raquel. Estamos aqui falando a toda hora de netos, mas a verdade é que o Jaiminho, o único herdeiro que possuímos, e de quem, em matéria de netos, dependemos tecnicamente, não fez sequer sua opção e ainda usa brinco na orelha.

— Tecnicamente, você diz! Pelo amor de Deus, Maier, isso é modo de se falar dos netos?

— Desculpe, retiro o que disse, Raquel. Não sabia o quanto lhe desagradava a parte técnica.

— Oh, querido, deixe de brincadeirinhas, você não pode imaginar a frustração que ainda sinto por termos perdido o Halley...

— Mas isso não é de todo irremediável, querida. Se faz tanta questão, tenho aqui uma idéia: deixemos uma cartinha para eles.

— Para eles, quem?

— Para nossos netos astronautas. Podemos deixar-lhes a seguinte mensagem: "Queridos netinhos, infelizmente perdemos o Halley em 1986, por isso, solicitamos, encarecidamente, não o deixem escapar no próximo 2062, e, se não for incômodo, por obséquio, dêem nele uma boa espiada por nós".

— Pois não é má idéia, Maier. Quer saber? Estou começando a me sentir mais feliz.

— Neste caso, com sua licença, prosseguindo o nosso joguinho, permita-me descer duas canastrinhas reais.

— Duas?!

— É uma singela homenagem que presto ao Halley, ele que ainda nos irá impressionar pelos olhos mágicos dos nossos netos, quando vier a riscar, desta vez como um legítimo cometa, a cúpula azul de uma calma noite do século XXI.

A SÍNDROME DE CHERNOBYL

— Maier, dá para suspender um pouquinho esta partida?
— Logo agora que tenho boas cartas!
— Quero lhe fazer uma pergunta muito séria.
— Está bem, Raquel, então faça logo.
— Maier, você acha que essa nuvem de Chernobyl poderia ter atingido o Bom Retiro?
— ?!
— É que o Jaiminho andou muito nas ruas...
— Bem, o vento levou a nuvem por toda a parte, inclusive por aqui.
— Por aqui?!
— Sim, pelo menos foi o que pude ler nos jornais, Raquel. Mas, evidentemente, sem nenhum perigo.
— Quem que disse?
— O Iossele.
— Que Iossele?
— O Iossele Goldenberg, o reitor da USP. É um sujeito muito bem informado.
— E ele tem certeza disso?
— Em breve veremos.
— Que é que você quer dizer com "em breve veremos"?
— Em se tratando de pequeno teor de radioatividade, os efeitos letais não costumam surgir de imediato.

— Por favor, Maier, numa hora dessas não me venha com palavrinhas difíceis. Ultimamente ando estranhando muito o comportamento do Jaiminho, o nosso precioso herdeiro. Você não notou nada nele?

— Ele sempre me pareceu um cara estranho.

— Aí é que está! Pois ele deu para andar muito normal. Não acha estranho isso? Começou a usar roupas limpas, sapatos engraxados, tirou o brinco da orelha, não dorme durante o dia, não espalha seus pertences pela casa, diminuiu o volume do seu som. Você já reparou que ele nem sequer discute conosco?

— O que tem que ver isso com a nuvem de Chernobyl?

— Ela pode ter afetado a cabeça dele, não pode?

— Acho que ela afetou mais a sua cabeça do que a dele, Raquel.

— Não vamos agora começar com brincadeiras, querido. Posso lhe confessar uma coisa? Algo que me vai bem no íntimo?

— Não sou propriamente um padre, mas pode se abrir, Raquel.

— Desde aquele acidente de Kiev, sinto que não estamos mais seguros de nada, nem mesmo aqui no Bom Retiro.

— Neste ponto, concordo inteiramente com você: realmente, não estamos mais seguros de nada.

— Se uma nuvenzinha miserável de Kiev, que fica no outro lado do mundo, pode chegar até nós, trazida pelo vento, o que dizer de nuvens que vêm de usinas nucleares mais próximas?

— Acho que você, de fato, pôs o dedo na ferida, querida.

— E o que faremos, então, se uma baita nuvem vier de Angra dos Reis?

— Naturalmente, você diz isso porque está mais preocupada com o Jaiminho do que com qualquer outra coisa, não é certo, querida?

— Está claro. Ele ainda é jovem, e tem toda uma vida para viver.

— Impressionante, mulher! De que novela você tirou essa frase?

— Ora, Maier, não vamos fugir ao assunto. Quero que você me responda o que faremos para protegê-lo. O que faremos para proteger o nosso filhinho?

— Pelo que sei, há um só lugar seguro que conheço, conforme já dizia minha finada mãe. E é lá exatamente, e somente lá, que podemos escondê-lo.
— Que lugar é esse, Maier?
— Está bem, vou dizê-lo: é debaixo da cama. E, agora, podemos continuar sossegados a nossa partidinha, hein, Raquel?

DITOS AMARGOS QUE OUVI NO PLETZL

★ Antes um judeu sem barba do que uma barba sem judeu.
★ Deus dá com uma mão mas tira com a outra.
★ Quando a fome entra pela porta, o amor voa pela janela.
★ Coração amargo fala demais.
★ O homem nasce para morrer.
★ Por que será que Deus ama o pobre, mas ajuda o rico?
★ O homem aprende a falar cedo e a calar tarde.
★ O que diz não pensa, o que pensa não diz.
★ A maior dor é a que não se pode revelar aos outros.
★ Para completar um *minian* até nove rabinos dependem de um sapateiro.
★ Não podendo roubar, o ladrão tem-se por honesto.
★ Do que vale um bom vinho numa pipa podre?
★ Mais vale um tabefe sincero do que um beijo hipócrita.
★ Coçar e tomar emprestado só ajudam por tempo limitado.
★ Quanto menos o homem entender, tanto melhor para ele.
★ Que belo mundo! Que mundo maravilhoso! Mas, para quem?

* Se o pai dá ao filho, ambos riem; se o filho dá ao pai, ambos choram.
* Os caminhos curtos estão cheios de pedras.
* Não só ele deve a alma a Deus, como a carne ao açougueiro.
* Uns querem viver mas não podem, outros podem mas não querem.
* Antigamente anjos andavam pela terra, hoje nem mesmo pelo céu.
* Deus criou um mundo de pequenos mundos.
* Uma amizade rota não se emenda mais.
* Quando é que um rico passa fome? Só quando o médico ordena.

UMA NOITE NO HOSPITAL, EM OUTROS TEMPOS

Naquele tempo, eu era um jovem inexperiente que lia uma mistura de autores — desde Dostoievski até Oscar Wilde — e mal disfarçava uns ares atrevidos de intelectual. Do alto dos meus 16 anos, embora me considerasse conhecedor razoável dos homens e da sociedade, as noções que eu tinha das duras realidades da vida não passavam de algo muito teórico. Por isso, quando ocorreu aquele acidente horroroso com tia Tzivie e me vi junto com toda a família, no corredor do hospital, aguardando o pronunciamento do médico, sentia-me ali como um peixe fora d'água. Era esta, creio, a primeira vez que eu pisava num hospital.

— O médico não poderá fazer nada sem antes ver as chapas — procurou esclarecer meu pai, um pouco agitado.

— Mas, por que tanta demora? — reclamou mamãe. — A coitada da Tzivie está sofrendo tanto.

O Berque, meu primo mais velho, um camarada de um metro e noventa, que acabava de sair do quarto onde estivera acompanhando a tia Tzivie, veio cambaleante em nossa direção e foi logo cercado por todos.

— Ela está com várias fraturas expostas — disse ele, com a voz sumida e uma palidez esquisita começando a lhe cobrir todo o rosto.

— Deixem ele sentar — gritou meu pai. — Depressa, depressa, tragam logo um copo d'água, ele está querendo desmaiar.

Minha prima Luíza e o seu noivo saíram correndo à procura da água. Tio Iossl, um sujeitinho atarracado, arrastou o pobre Berque em direção ao único banco que havia no corredor.

— Quem, afinal, ficou com ela? — gritou tia Sheindl, com uma voz asmática.

— Podem deixar por minha conta — respondeu meu pai, sempre muito decidido, atirando o cigarro na escarradeira e já correndo para o quarto.

Enfermeiras passavam ostentando ares profissionais, todas muito ocupadas com doentes de outros setores. De vez em quando, desviavam a cabeça e nos lançavam olhares vazios. No fundo do corredor, um telefone tocava desesperado, sem que lhe dessem a mínima atenção.

Após algum tempo, a porta do quarto se abriu e meu pai veio caminhando em passos lentos, murmurando alguma coisa ininteligível.

— Oi vei! Oi vei, coitada da Tzivie!
— Como vai ela? — perguntou, aflita, minha mãe.
— Não pode estar pior.
— E não vão fazer nada? — tia Sheindl só faltava agarrar meu pai pelo gasnete.
— A enfermeira diz que casos como este são aqui normais. Oi vei, a cabeça me vai estourar!

O telefone, que continuava tilintando sem parar, produzia uma confusão de ecos sinistros.

— Pelo amor de Deus, atendam esse *shvartz-ior* de telefone — rogou meu pai, debilmente. — Não agüento mais.

Decidido, corri para o fundo do corredor e, energicamente, levantei o fone. Então, ouvi uma voz esganiçada: "É da salsicharia?" Desabafei no bocal, como quem lava a alma, mas tão atordoado estava que inverti as bolas: "P.Q.P., o senhor está ligando para o idiota errado, seu teeeelefone...".

Bem mais tarde, quando a enfermeira-chefe nos veio informar que o médico só iria rever a paciente na parte da manhã, já estávamos todos meio anestesiados. Alguns de nós, especialmente os mais velhos, caíam pelas tabelas.

— Não adianta ficarmos todos zanzando por aí — disse meu pai. — O melhor é descansarmos em casa e voltarmos pela manhã.

— Como?! E ninguém ficará com a Tzivie? — revoltou-se tia Sheindl.

Houve entre os adultos uma troca democrática de opiniões, e, finalmente, se decidiu:

— Só um vai ficar, os outros voltam para casa.

Pelas caras fatigadas de todos, não se percebia nenhum candidato à altura. Os olhares passavam de uns para outros várias vezes, até que o idiota do meu primo Berque, que já se tinha recuperado um pouco do seu mal-estar, apontou para mim.

— Acho que este aí podia ficar — acrescentou. — Ele não fez nada até agora.

Apesar dos protestos de minha mãe, que sempre me achou criança (ah, as mães!), acabei ficando. Despedi-me deles e me dirigi para o quarto, enchendo-me de uma coragem e de uma decisão que a mim mesmo me causavam espanto.

Devo dizer que as horas (quatro ou cinco, nunca o soube exatamente) que tive de passar ao lado da coitada da tia Tzivie, na verdade não corrreram para mim tão depressa. Não vou descrever aqui o estado medonho em que a encontrei, nem, tampouco, o choque que experimentei quando a vi assim amarrada no leito. O fato é que, aos poucos, me fui acostumando. E, aos poucos, fui deixando de me emocionar com seus gritos e gemidos, e, sobretudo, com os seus terríveis espasmos. As pouquíssimas vezes em que quase me descontrolei foram somente quando ela se agitou demais (tia Tzivie era mulher muito forte), tentando arrebentar os panos que a prendiam. De resto, comportei-me muito bem, cumpri as minhas obrigações friamente e fui bastante útil à enfermeira que fazia ali seu plantão. Com certo orgulho, cheguei a dizer a mim mesmo: "Que cara forte sou eu, meu Deus! Juro que não sabia disso!"

De manhã, quando, finalmente, a claridade penetrou naquele quarto sombrio, e já com a presença do médico e do resto da família, só então é que fui liberado e deixei o hospital. Lembro-me muito bem de uma coisa: o ar estava fresco e os passarinhos chilreavam nos telhados.

No entanto, ao tomar o bonde, espantei-me com uma curiosa dificuldade. Por algum motivo inexplicável, não conseguia enfiar as mãos no bolso. Não só as mãos não me obedeciam, como também os dentes, que batiam uns nos outros. Só Deus sabe como cheguei lá em casa e pude me atirar na cama. Eu estava com quarenta graus de febre e não sabia.

Enfim, para que ninguém se assuste, vou adiantar que tanto eu como minha tia Tzivie acabamos nos recuperando e felizmente ficamos bons.

PODE ALGUÉM DESEJAR MAIS DO QUE ISSO?

Fui ao hospital visitar meu amigo Ianquele, que se recuperava de uma delicada cirurgia. Encontrei-o sorridente, naturalmente um pouco mais pálido do que de costume, mas, de modo geral, com aspecto bem razoável.

— Enfim, entrei no clube — disse-me ele, logo de cara.
— No seleto clube dos safenados, e estão me tratando muito bem.

Para os que não têm a ventura de conhecer o meu amigo, devo dizer que se trata realmente de um grande curtidor da vida. Com ele aprendi muitas coisas. Entre outras, por exemplo, como beber um chope estupidamente gelado. "O primeiro gole é o melhor, por isso devemos alongá-lo ao máximo" — ensinou-me uma vez. "Enquanto estiver virando o copo, fique de olhar fixo no céu, com o gogó bem a vista dos parceiros." E, por fim: "Ao arrematar o gole, pelo amor de Deus, nunca esqueça de estalar a língua".

De fato, aprendi com ele muitas coisas importantes. A mesma regra do chope se aplica ao *borsht* gelado, quando servido no copo. Outro ensinamento básico: "Ao experimentar um *pastrame* do Bom Retiro, fazê-lo ruidosamente, tirando um som ruminante, algo parecido com humm". A mesma regra do *pastrame* vale para o *ei-mittzibele*.

Outro dos seus valiosos ensinamentos diz respeito a como curtir um bom papo com amigos. Primeiramente, instalar-se ao redor de uma mesa, com petiscos sortidos e bebidas leves. Deixar os assuntos fluírem espontaneamente, como barcos à deriva em águas tranqüilas, e, para cada frase solta ao acaso por alguém do grupo, sorrir com satisfação e cumprimentar seu autor com um discreto parabéns. Sobretudo, deixar que todos tenham a oportunidade de exprimir bobagens ou pensamentos fúteis, sem nenhuma contestação.

De sorte que, ao me defrontar com meu amigo Ianquele naquele sóbrio quarto do hospital, a primeira idéia que me passou foi de que um tipo como ele, levando em conta a natureza do ambiente, não devesse lá se sentir muito à vontade.

Vendo-me assim meio calado, pouco expansivo, sem muito o que dizer, ele me perguntou:

— Que que há com você? Algum problema?
— Nada, absolutamente, tudo bem.
— Então, por que essa cara de velório?
— Não tenho outra — tentei ainda brincar.

De imediato, passou a me distinguir com uma série de conselhos. Que tomasse cuidado com a saúde. Que não ligasse para isso ou aquilo. Que não levasse a sério os idiotas e invejosos, sob pena de estragar a própria vida. Tentou me animar de todos os modos, como se fosse eu o doente.

Ao sair dali, acompanhado no corredor pela Rebeca, sua mulher, não pude conter-me:

— Que coisa! Ele continua o mesmo, não é?

Eu estava referindo-me ao seu velho hábito de consolar as pessoas, sempre mais interessado nelas do que em si. Ela riu e me contou a última dele.

— Quando tomamos o carro para o hospital, por cautela fiquei na direção e deixei-o no banco de trás, aos cuidados de Dona Francisca, a nossa velha empregada, a única pessoa disponível àquela hora. Você certamente conhece a Dona Francisca, não é?

— Sim, uma boa velhinha — respondi.

— Pois bem, no meio da viagem, quando ela percebeu a palidez que vinha tomando conta do rosto dele, começou a ficar nervosa e, depois, rompeu em lágrimas. De minha parte, preocupada em chegar o mais depressa possível, não dei atenção ao que se passava atrás de mim. De vez em quando, porém, eu ouvia fragmentos de frases: "Não tenho por acaso bons amigos, bons filhos, boa esposa? A vida não me deu de tudo? Não vivi por acaso cinqüenta anos bem vividos? Pode alguém desejar mais do que isso?" Pensei que ele estivesse delirando e, quando, por fim, aproveitando um sinal vermelho, olhei para trás, ele me fez um gesto e acrescentou: "Não se preocupe, estou apenas tentando consolá-la de minha morte prematura".

Sim, este é, sem dúvida, por inteiro, o inigualável amigo Ianquele que conheço.

NO LIMITE DA REALIDADE

Ainda me encontro sob o impacto do que me sucedeu há poucos dias, na Biblioteca Municipal "Mário de Andrade". Sinto-me confuso e não sei o que pensar desse episódio.

A primeira vez em que fui visitá-la, ela ainda não tinha este nome, e não passava eu, então, de um garoto tristonho do Bom Retiro, com todos os problemas próprios de minha geração. Embora meu propósito fosse simplesmente o de recorrer a determinada obra como ajuda numa das matérias da escola, tão extasiado me vi diante daquele mundo de livros, que mudei de idéia. E o livro que, afinal, escolhi não foi aquele dos estudos, mas, sim, o das *Fábulas de La Fontaine,* este recheado de variadas ilustrações em branco e preto, com as quais acabei me deliciando a tarde toda. A partir desse pequenino livro, iniciei-me numa das paixões que deu sentido à minha vida e abriu os meus pobres horizontes.

Freqüentar a Biblioteca, desde então, acabou tornando-se um grande hábito. Fui-me acostumando às suas instalações, aos seus livros, aos seus funcionários, aos seus leitores, ao silêncio que ali se impunha, às suas sombras, aos seus cheiros. Hoje, olhando para trás esse cenário de que falo, vejo-o verdadeiramente como um cenário onírico e irreal.

Pois outro dia, já passados longos anos, com tantas reviravoltas e sobressaltos da vida, estava eu me dirigindo ao trabalho, quando, por motivos que nem tento explicar, afastei-me do itinerário e me vi de novo galgando a escadaria da velha biblioteca.

Entrei. Lá estavam as antigas mesas de leitura. Os mesmos bancos pesados e sólidos. No ar, vagava, como sempre, um grande silêncio. A claridade branda que vinha das largas janelas se espalhava até o meio do salão. Tudo me parecia ainda o mesmo. Após requisitar o livro (estava curioso em rever o das *Fábulas de La Fontaine*), sentei-me a uma das mesas, como em outros tempos, e, enquanto esperava, fiquei a observar à minha volta: velhos, jovens, adolescentes, semblantes sérios, olhos sonhadores, tipos tristes, tipos alegres. Examinei-os a todos, como se me fossem figuras familiares. Aqui, um estudante fazendo anotações; ali, um homem de cabelos brancos a meditar sobre grosso volume; mais adiante, um grupo de adolescentes, consultando suas apostilas.

Estava eu assim embevecido (a palavra certa talvez fosse embriagado), quando se achegou a mim, discreto como uma sombra, o velho funcionário, informando-me num tom baixo de voz, como se fosse um segredo:

— Seu livro não está disponível, alguém já o pediu antes do senhor.

Depois, afastou-se mansamente, ombros caídos, como quem se julgasse culpado de alguma falta cometida. Creio que foi nessa altura que avistei, não muito longe da minha mesa, a cabeça loura daquele menino.

Estava sentado de costas para mim, mas alguma coisa do seu jeito me despertara a atenção. Intrigado, levantei-me, avancei alguns passos e, de uma posição lateral, pude vislumbrar-lhe o perfil. Para meu espanto, apresentava notável semelhança com o garoto que eu fora. O cabelo, as faces sardentas, o nariz franzido, exatamente toda a figura, sem tirar nem pôr.

Aproximando-me mais ainda, não me foi difícil reconhecer, pelas gravuras familiares, por todos aqueles bichos que falavam, o livro que ele lia. E o sorriso que me deu, infantil, ingênuo, vendo-me parado diante dele, era, espantosamente, o meu sorriso.

— Desculpe — sussurrei —, como é o seu nome?

Pois bem, o nome que pronunciou foi exatamente o meu, com todas as letras e sons. Pareceu-me incrível, alguma coisa ali não batia muito bem.

— Essa é boa! — exclamei comigo.

— Boa, por quê?! Quem é o senhor? — perguntou-me.

— Ora, quem sou eu?!

Uma pergunta interessante. Esfreguei violentamente os olhos e foi aí que... acordei, ou não acordei, eis toda a questão. Agora, dá para entender o estado absurdamente ambíguo em que passei a viver nesses últimos dias?

Bem, vá lá, admito, trata-se, de qualquer modo, de um sonho, um sonho impressionante. Mas, sonho de quem? Quem foi, afinal, que adormeceu? No fundo, me rói o germe de uma dúvida. Tal qual o sábio chinês que sonhou com a borboleta, ainda me questiono: o menino com quem sonhei foi mesmo um sonho meu, ou, em realidade, ele existe e não passo eu (e tudo quanto penso que existe) de apenas um sonho dele?

NA SAUNA

Não sei por que cargas d'água ou por que estranha associação, sempre que me dirijo a uma sauna, vem-me à memória a leitura, que, ainda bem jovem, fiz daquela obra famosa de Dostoievski, *Recordações da Casa dos Mortos,* quando ele se refere à casa de banhos para onde eram enviados os reclusos. E, mais particularmente, à figura trágica de Isaías Fomitch Brumchtein. Ocorrem-me desse capítulo frases inteiras: "Ele gostava de transpirar até ficar exausto, até desfalecer..." "Ao abrir a porta da estufa, tinha-se a impressão de penetrar no inferno. Imaginem uma sala de 12 passos de comprimento..." "Faz-te bem suar, hein, Isaías Fomitch!"

Está claro que é grande a diferença entre aquela casa de banhos, descrita por Dostoievski, e as que eu freqüento eventualmente. E, não obstante, mesmo assim, nunca pude me furtar a tais evocações. Eis aí, sem dúvida, uma questão complexa que preciso, um dia, esclarecer com algum amigo analista.

Pois bem, na última quinta-feira, aproveitando o final da tarde com poucos serviços no escritório, fui-me à sauna do clube. Já fazia tempo que não a visitava.

Sem nenhum exagero, o que existe de melhor em fisioterapia estava ali à minha disposição. Embrulhado num felpudo roupão branco, cheirando a sabonete, encaminhei-me em primeiro lugar ao recinto fechado da chamada "sauna úmida". Ah, Isaías Fomitch, que diferença! Bancos elegantes de madeira, lambris de canela, suave aroma de eucalipto, vapor mais do que agradável! E, tendo cumprido a primeira parte, fui-me refestelar numa das espreguiçadeiras espalhadas pelo salão.

No fundo, atrás de um balcão iluminado, cheio de redomas, estavam dois copeiros de avental azul atendendo a algumas pessoas.

— Caju, vai-me preparando um *ei-mit-tzibele* — gritou um dos fregueses.

O Caju — apelido folclórico de meu velho conhecido Henrique — acabava de servir uma dose de conhaque a um sujeitinho ali deitado, não muito longe da minha cadeira.

— Ei, Caju, e o meu choro? — pediu este, olhando para o copo com um sorriso malandro nos lábios.

— Está bem, está bem — condescendeu Caju, despejando um pouco mais de bebida. — Ah, não é fácil trabalhar desse jeito; ainda me levam para a falência.

Com maneiras descontraídas, todos os que vinham entrando dirigiam aos presentes olhares amistosos, cumprimentos alegres, observações jocosas. Embora muitos deles não me conhecessem, dada minha condição de bissexto, acenavam-me com a cabeça.

Eu já ia fechando os olhos para um descanso absoluto, quando vi aproximar-se, com um sorriso matreiro, arrastando os chinelos, um velhote de seus 70 anos. A imagem me estalou no espírito: Isaías Fomitch Brumchtein! Acomodou-se espalhafatosamente na espreguiçadeira do meu lado e, como não poderia deixar de ser, foi logo puxando prosa.

— Você está quietinho aí e pensa que ninguém o conhece, não é? — disse-me ele. — Pois bem, não só conheço você como também a seu pai. Um grande sujeito, um profundo talmudista!

— Obrigado — respondi, meio surpreso.

— E sei ainda mais: você anda escrevendo umas *maissalah*, não é?

De fato, em nossa comunidade, ninguém passa incólume ou despercebido! Todos sabem de tudo, todos se conhecem.

— Já que estamos aí, de papo pro ar — acrescentou ele —, aproveito para contar-lhe duas boas anedotas. Se quiser, pode usá-las, não vou lhe cobrar direito autoral.

Ele soltou uma risadinha, exibindo sua velha dentadura, que me pareceu muito boa.

— Tenho duas historinhas. A segunda é proibida para menores e ainda não sei se devo contá-la; por isso, vou começar pela primeira. Você gosta de anedotas?

— Sem dúvida — apressei-me a responder. — O senhor já viu algum patrício que não gostasse de anedotas? Vivia numa aldeia da Rússia, isso ainda nos tempos do czar — fez ele questão de esclarecer —, um camarada que não conseguia arrumar esposa, coisa, aliás, muito grave entre nós. E por quê? Porque todos o conheciam como um grande mentiroso, um mentiroso incorrigível. Desesperado, ele foi apelar ao *chatkhen*: "Pelo amor de Deus, me arrume uma esposa". O *chatken*, que já havia desistido dele, apiedou-se e lhe disse: "Talvez se possa fazer alguma coisa se formos a outra aldeia, mas só o aceito com uma condição: você tem de parar de mentir". O pretendente, desta vez, jurou de pés juntos, e assim foram ambos à aldeia vizinha. Encontrada a jovem, marcaram uma entrevista com o pai dela. "Não minta; qualquer mentira sua porá tudo a perder, entendeu?" — advertiu-o, pela última vez, o casamenteiro. A reunião, na primeira parte, felizmente correu bem. O assustado pretendente selou os lábios e, por via de segurança, não proferiu nenhuma palavra, deixando tudo por conta do seu protetor. No entanto, a certa altura, já um pouco ressabiado, o pai da jovem casadoira tentou falar alguma coisa com ele.

— Então, como é a sua aldeia? — perguntou-lhe.

— Muito próspera — já ao dar essa resposta, não deixou de receber uma cutucada.

— E o que tem ela de bom? — voltou o homem a perguntar-lhe.

— Um lago — respondeu ele, mais aflito, olhando de esguelha para o *chatkhen*.

— Um lago?! E o que tem, afinal, esse lago?

— Peixes.

— Peixes?!

— Sim, peixes de uns dois a três metros — o *chatkhen* lhe meteu o pé em cima.

— Dois a três metros?! — estranhou muito o pai da futura noiva.

— Bem, eles podiam ser maiores, mas infelizmente, não estão deixando.

Animado com a historieta — que, por sinal, me pareceu típica do humor judaico —, pedi logo ao meu disposto interlocutor (eu já ia dizendo Isaías Fomitch) a narração da outra.

— Não, esta não lhe posso contar, é para maiores de idade. O seu pai nunca me perdoaria — acrescentou ele, erguendo-se energicamente. — Além do mais, o Vassourinha está me esperando.

SOU UM CROONER FRUSTRADO

Meu pai sempre achou que eu tinha boa voz e dizia para mamãe:
— Este teu filho tem a pinta do Moishe Oisher.

Levei-o a sério e comecei a me imaginar um cantor de verdade. A toda hora, estava eu cantarolando pelos cantos da casa, pelos corredores. Era um repertório variado, que ia desde óperas (*Rigoletto*) até sambas (*Vão Acabar com a Praça Onze*), passando por *hazones* (*Iehi Ratzon Milfaneha*), músicas americanas (*Is it true what they say about Dixie?*) e cancioneiro *idish* (*Rozhinques mit Mandlen*).

Nossa casa encheu-se virtualmente com a minha voz. Ecos do Chico Alves, do Moishe Oisher, do Beniamino Gigli, do Bing Crosby se faziam ouvir por toda a parte.

— Vamos lá, solte aí um *Midas Orahamim* — conclamava-me meu pai.

— *Midas Orahamim, Mi-i-das Orahamim, oleinu isgááááálgueli* — esticava eu, gorjeando como faziam os *hazanim*.

Os olhos de meu pai brilhavam, e os meus, refletidos nos dele, brilhavam muito mais.

Arrancava lágrimas de minha mãe, cantando para ela:
— *A bríííívele der maamen, zolste nit farzaaamen.*

Eu próprio comecei a acreditar que pudesse ser um grande cantor. Imaginava-me no Teatro Municipal:

— Um auto-m ó ó ó ó vel, dois auto-m ó ó ó ó veis, três autom ó ó ó ó veis.

Ou, então, na Rádio Cruzeiro do Sul, puxando um sucesso de Carnaval:

— Abre a janela, formosa mulher, e vem dizer adeus a quem te adora.

Batia-me o sentimento judaico e, de imediato, me transportava para o palco do Cine Marconi, diante de uma platéia de mil patrícios boquiabertos:

— ...*nefesh iehudi* .... *sóóó-fi-iia*.

Pensando na jovem loirinha que morava em frente de casa (e que nunca me dera bola), eu atacava com um estilo romântico:

— Oh, Rose Mariiiii, I love you.

Um dia, meu pai disse para minha mãe:

— Que que você acha de o levarmos ao Maestro Althoizn? Ele poderá nos confirmar se o garoto tem ou não tem talento.

O Maestro Althoizn era, sem dúvida, a maior autoridade musical do Bom Retiro. O pronunciamento dele tinha o peso da lei. Muitos dos nossos pretensos Al Johnsons's, Iossele Rozenblat's, Jan Peerce's esbarraram no seu crivo. Era um homem implacável. Se achava que o candidato não tinha talento, dizia-lhe logo nas fuças: "Meu filho, deixe disso, não perca tempo".

Decidido o assunto, fomos, uma tarde, à casa do Maestro Althoizn, tirar a grande dúvida. Meu pai, mais nervoso do que eu, fumava um cigarro atrás do outro.

— O senhor fique aqui — disse-lhe o maestro, que era uma criatura corpulenta e vermelha. — Eu vou com ele até o piano, na outra sala, fazer o teste do ouvido.

Não entendi bem a que raio de teste se referia, mas aprontei-me, de qualquer modo, para o que desse e viesse.

— Você, por acaso, conhece as notas musicais? — perguntou-me.

Naturalmente, eu sabia os nomes das sete notas (aliás, era a única coisa que sabia) e respondi prontamente:

— Dó, ré, mi, fá, sol, lá, si.

— Muito bem, agora preste atenção na nota que vou tirar.

Abri bem os ouvidos e fiquei assustado. O maestro apertou uma tecla branca.

— Óóóóóó. Que nota é esta, meu filho?

— Dóóó — chutei.

— Não, não, é sol. Bem, vejamos outra.

Afinei de novo o ouvido.

— Iiiiiii. E esta?
— Miii — chutei outra vez.
— ???

Dez minutos depois, saímos da sala. Com seu braço pesado em torno de meus frágeis ombros, o maestro caminhou comigo, até o meu pai, e lhe trovejou:

— Bem, o seu filho é um bom rapaz, gostei dele. Mas, em matéria de música, é uma toupeira. Arrume-lhe depressa outra profissão.

A partir daí, não só parei de cantar, como enterrei de vez meu sonho. No entanto, para que não paire nenhuma dúvida, é bom que se diga logo: com aquele enterro, o mundo, afinal, não perdeu grande coisa.

JUSTA HOMENAGEM AO BARÃO

Acaba de ser reeditado *Máximas e Mínimas,* do Barão de Itararé, esta figura excepcional a quem as atuais gerações de humoristas tanto devem. E, se me permitem, diria que se trata de um humorista parecido, sob muitos aspectos, com o seu confrade judaico.

Sobre sua biografia, acompanhemos o que o próprio Barão afirmava. Quanto à linhagem, "sou um Barão *self-made,* feito por mim próprio, pois, se fosse esperar por essa canalha que aí está, jamais o seria". O nome foi tirado da Batalha de Itararé, "a maior batalha da América do Sul, que não houve". Dados profissionais: "artista, matemático, diplomata, poeta, romancista e *book-maker*".

· Aos que afirmavam que ele, Barão, era o Bernard Shaw do Brasil, respondia: "Essa comparação é irritante e impertinente, mas, se quiserem insistir nela, seria mais lógico que se considerasse Bernard Shaw como o Itararé da Inglaterra".

Quanto às suas incursões no campo da filosofia, diferentemente de seu colega Comte que dizia "Os vivos são sempre, e cada vez mais, governados pelos mortos", o Barão afirmava: "Os vivos são sempre, e cada vez mais, governados pelos mais vivos".

O Barão tinha o hábito de introduzir alterações fundamentais nos provérbios, máximas e ditos famosos, como, por exemplo:

* Quem canta o seu mal — espanta.
* Mais valem dois marimbondos voando do que um na mão. ·
* De onde menos se espera, daí é que não sai nada.

* Quanto mais conheço os homens, mais gosto das mulheres.
* Dente por dente, cabeça por cabeça, é assim que se come alho.
* Os homens nascem iguais, mas no dia seguinte já são diferentes.

Vale a pena também repetir aqui algumas das famosas frases e definições do Barão:

* Pobre, quando mete a mão no bolso, só tira os cinco dedos.
* O Brasil é uma república generalizada (nos longos anos de ditadura).
* Os juros são o perfume do capital.
* Tudo seria fácil, não fossem as dificuldades.
* Cão que ladra não morde, mas não convém facilitar, porque deve haver por aí muito cão analfabeto que não conhece o provérbio.
* Mulher moderna calça botas e bota calças.
* O limão não passa de uma laranja com azia.
* Costureira decente não perde a linha.

O Barão tinha uma curiosa classificação de doenças profissionais: "advogado: furunculose; chefe de polícia: prisão de ventre; condenado à morte: réu-matismo; fabricante de malas: malária; guarda-livros: cálculos; jóquei: tuberculose galopante; perito: peritonite; jogador de sinuca: cálculos bilhares".

A respeito de matrimônio, o Barão destacou com muita propriedade o que pensam sobre o assunto determinadas categorias profissionais:

Médico — matrimônio é uma enfermidade que começa com um aumento de temperatura e termina com calafrios.

Matemático — matrimônio é uma equação na qual, a dois valores conhecidos, se adiciona um terceiro.

Jogador da Bolsa — matrimônio é uma especulação que, mais cedo ou mais tarde, leva o especulador à ruína.

Comerciante — matrimônio é um negócio bom quando gira sob a responsabilidade de uma firma individual, mas que se torna sempre desastroso quando se admite um sócio.

Banqueiro — o matrimônio é uma boa transação quando tem a garantia de um bom patrimônio.

Eis uma das anedotas do Barão sobre a precariedade da medicina:

O cirurgião, já com o bisturi em punho, dirige a palavra ao paciente, que está esticado em cima da mesa:
— Não é dos meus hábitos enganar ninguém. Por isso, devo-lhe ser franco neste momento, prevenindo-o de que esta operação nem sempre obtém êxito. Nestas condições, pergunto-lhe se deseja de mim alguma coisa, antes de começar.
Ao ouvir estas sinceras palavras, o paciente, profundamente comovido, procura juntar todas as suas energias e responde:
— Sim, doutor. Veja se me ajuda a vestir as calças e os sapatos, porque já estou me sentindo melhor, nem preciso mais de operação.

E, finalmente, vai aqui a "Teoria das duas hipóteses", essa famosa teoria panglossiana, *apud* Graciliano Ramos, com quem conviveu quando ambos estiveram na Casa de Detenção, nos saudosos tempos da ditadura getuliana:

Ali onde vivíamos, afirmava A. Torelli (nome verdadeiro do Barão), utilizando o seu método, não havia motivo para receio. Que nos poderia acontecer? Seríamos postos em liberdade ou continuaríamos presos. Se nos soltassem, bem; era o que desejávamos. Se ficássemos na prisão, deixar-nos-iam sem processo ou com processo. Se não nos processassem, bem: à falta de provas, cedo ou tarde nos mandariam embora. Se nos processassem, seríamos julgados, absolvidos ou condenados. Se nos absolvessem, bem: nada melhor esperávamos. Se nos condenassem, dar-nos-iam pena leve ou pena grande. Se se contentassem com pena leve, muito bem: descansaríamos algum tempo sustentados pelo governo, depois iríamos para a rua. Se nos arrumassem pena dura, seríamos anistiados ou não seríamos. Se fôssemos anistiados, excelente: era como se não houvesse condenação. Se não nos anistiassem, cumpriríamos a sentença ou morreríamos. Se cumpríssemos a sentença, magnífico: voltaríamos para casa. Se morrêssemos, iríamos para o céu ou para o inferno. Se fôssemos para o céu, ótimo: era a suprema aspiração de cada um. E se fôssemos para o inferno? A cadeia findava aí. Realmente ignorávamos o que nos sucederia se fôssemos para o inferno. Mas, ainda assim, não convinha alarmar-nos, pois essa desgraça poderia chegar a qualquer pessoa, na Casa de Detenção ou fora dela.

MEU PRANTEADO AMIGO BERA

Quando bati os olhos naquele pequeno anúncio da seção fúnebre do jornal, não quis acreditar. Então, meu amigo Bera, dos tempos de juventude, tinha-se passado desta para melhor? Isso me pareceu — na primeira reação — uma brincadeira de mau gosto. Absolutamente, não era hora da nossa classe estar sendo convocada. Ainda incrédulo, procurei ler de novo o texto. Lá estava o nome dele completo, e o comunicado pesaroso de que o enterro ocorrera no próprio dia do falecimento. Meu Deus! pensei comigo.

Já fazia no mínimo vinte anos que não nos víamos. Naquela quadra juvenil de nossas vidas, eu e Bera éramos amigos inseparáveis. Freqüentávamos os mesmos bailecos, as famigeradas "bolas de neve", líamos os mesmos livros e, igualmente, começávamos a encarar a vida como dois gênios incompreendidos. Nem preciso dizer que, a bem da verdade, não passávamos de dois paspalhos imberbes, cheios de ignorância e incertezas.

No entanto, apesar da sincera e profunda amizade que nos unia, desde o início vivíamos em constantes tertúlias. E por quê? Bera era um polemista inato, nascera realmente com esse dom. Nada resistia à sua análise avassaladora e ao seu extraordinário poder de argumentação. Em contrapartida, devo dizer, também em nome da verdade, que, de minha parte, igualmente não havia passividade nenhuma, e eu só entregava os pontos quando, de fato, não me restava mais nenhuma esperança.

Deste modo, éramos capazes de atravessar longas madrugadas debatendo assuntos dos mais diversos, pelo puro e único prazer da polêmica. Foi assim com Rimski Korsakov e Beethoven. Devo dizer que o máximo que então conhecíamos da música erudita era o que ouvíamos no programa da Gazeta, "Música dos Mestres", da Vera Janacopulus. Como eu manifestasse gosto por Beethoven, Bera inclinou-se pelo compositor russo e proclamou-o imediatamente superior ao primeiro.

— Mas, Bera, pelo amor de Deus, são dois autores totalmente diferentes! Não existe termo de comparação.

Meu amigo, durante meses seguidos, me despachou uma tonelada de argumentos a favor da genialidade indiscutível de Rimski Korsakov. Vivia me assobiando o tema de *Schherazade,* e, depois, com um tom sarcástico, concluía: "Isso é que é música!"

Assim foi, também, quando nós vimos o grande filme de Orson Welles, *Cidadão Kane.* Diante do meu entusiasmo, que não tinha medidas, Bera se saiu com esta: "Frank Capra, com o seu *Deste Mundo Nada se Leva,* é muito superior".

— Ora, Bera! Um é revolucionário, o outro é "água com açúcar".

Durante um mês inteiro, não me vi livre do pesado bombardeio representado pelos seus poderosos argumentos, a ponto de me exaurir e eu começar a ter sérias dúvidas quanto ao meu diretor predileto.

Depois, foi com os nossos cigarros. Eu fumava "Beverly", ele "Macedônia". Meu amigo, virando *expert* em tabacaria, provou-me por *a* mais *b* que o "Macedônia" dele era superior ao meu "Beverly". Mudamos ambos de marca. Passei a fumar "Hollywood", ele "Continental". E, de novo, me provou que eu estava totalmente equivocado.

— Até mesmo o nome é idiota — dizia-me. — "Hollywood"?! Um nome tipicamente pequeno-burguês!

Debatemos assuntos como: "Quem é mais feliz? Um sujeito gordo ou um sujeito magro?". Bera, que era meio gordo, naturalmente achava que os gordos são muito mais felizes.

— Desculpe, gordura é doença — dizia-lhe eu.

— Os magros são neurastênicos, vivem sempre amargos, não têm nenhum senso de humor — dizia-me ele.

Assim passamos vários anos afiando o nosso poder de análise, de argumentos, de retórica, em torno de temas, alguns mais importantes, outros menos, e muitos outros totalmente banais. O mais banal de todos foi o que liquidou a nossa amizade.

Um dia, estávamos falando de teatro, quando Bera, referindo-se a Bernard Shaw, mencionou casualmente a sua origem inglesa.

— Desculpe — corrigi —, Bernard Shaw é irlandês.

E foi aí que a terrível discussão deflagrou. Meu amigo não queria entregar os pontos. Apontou-me o humor tipicamente inglês de Bernard Shaw, como só isso bastasse para provar a sua origem.

— Bera, por favor, desta vez não iremos discutir. Basta ver o que diz a enciclopédia.

Está claro que, consultada a enciclopédia — que, aliás, era insuspeita por se tratar da Britânica —, mostrei-lhe que a razão, de fato, estava comigo.

— Perdão, esta enciclopédia pode estar errada — disse-me ele, secamente. — E não será esta a primeira vez.

Creio que foi a partir daí que as nossas relações estremeceram. Nossos encontros começaram a rarear. E, finalmente, um belo dia, cessaram de todo. Seguimos caminhos diferentes, e poucas vezes, desde então, se cruzaram.

E agora esta, meu Deus! Bera não existia mais! Noite mal dormida, assaltado pelos piores pensamentos, resolvi, logo pela manhã, visitar a viúva e lhe apresentar minhas condolências.

Quando me vi diante daquela porta, ainda trêmulo e perturbado, hesitei por uns bons momentos. Por fim, apertei o botão. Ao se abrir, lá estava olhando para mim o velho Bera. Algumas rugas, sim, mas, no mais, o mesmo sujeito de sempre.

— Que é isso, você está vivo, Bera?!

— E você quer que eu esteja morto?! — exclamou ele.

— Mas, o anúncio que vi no jornal?

— Ora, por acaso não existem homônimos?

Não sei como estava a minha cara, mas o meu coração batia diferente.

— Por Deus que existem, companheiro! E quer saber de uma coisa? — concluí. — Para mim, Bernard Shaw pode ser até inglês.

— Pois não foi o que eu disse? — Um largo sorriso desenhou-se no seu rosto de sátiro.

O ÚLTIMO REPÓRTER DA IMPRENSA IDISH

Vocês o encontrarão de vez em quando em festas de casamento ou de *bar-mitzvá*. Ele se aproxima da mesa e se anuncia como representante do *idisher tzaitung*. Traz sempre na mão uma folha dobrada onde faz suas anotações. Olhamos para o tipo com certa desconfiança; às vezes, procuramos nem olhar. Afinal, essas roupas fora de moda, com toda essa figura anacrônica, são mesmo de inspirar desconfiança. Aí, ele nos pergunta se gostaríamos de cumprimentar os noivos ou o jovem *bar-mitzvando*. Nem sempre dá para o entender, e tem de repetir a pergunta. A fim de nos vermos logo livres do intruso, dizemos que sim. Mas ele não tem pressa, pergunta-nos o nome ("Ah, conheço o seu pai", intercala de passagem), deseja saber se somos da parte do noivo ou da parte da noiva, e vai anotando tudo no papel.

Terminadas as anotações, debruça-se sobre nosso ouvido e, discretamente, sopra um número acompanhado de cruzados. O tal número nos pega de surpresa, mas o homenzinho não se atemoriza, balança o corpo e espalma a mão como quem está esperando. Os companheiros de mesa, vendo toda aquela encenação, querem saber do que se trata. "É do *idisher tzaitung*", cumpre-nos informar, com um sorriso. Aproveitando a deixa, ele vai logo perguntando se os "distintos" também desejam fazer seus cumprimentos. Feita a coleta, despede-se educadamente e passa para outra mesa.

Via de regra, o encontramos aos domingos pela manhã, assistindo às conferências da Universidade Popular de Cultura Judaica.

Assistir não é bem o termo. Desperto mesmo mantém-se só no começo e no fim dela. Se a conferência é de uma hora, é certo que tire um cochilo de uns bons quarenta e cinco minutos. Não que a conferência seja monótona ou de pouco valor; é que o nosso repórter não resiste a uma boa poltrona. No entanto, as anotações que acaba trazendo à redação são mais do que suficientes para compor a matéria.

Outros lugares em que, possivelmente, o encontremos: no cemitério quando houver enterros importantes, ou nas sinagogas, por ocasião dos *Iamim Noraim* (graças a ele, os leitores do *idisher tzaitung* saberão como se saiu este ou aquele *hazan*).

Pois é a isto que está hoje reduzido o nosso repórter. Ele, que, em outros tempos, fizera a cobertura de tantos comícios judaicos importantes, ou, melhor dizendo, dos tais *meetings*, como então se costumava chamar. Aqueles *meetings* históricos do Pacaembu em que famosos oradores sionistas, como o poeta Bistritzki, o Capitão Kolitz ou o próprio Beguin, este como herdeiro de Jabotinsky, incendiavam e sacudiam a alma e o coração das massas judaicas de São Paulo. Ele, que entrevistara a Moshe Sharet e a tantos outros líderes, quando de passagem por nosso Estado. Com que orgulho se liam tais notícias — e ainda mais em *idish*. Naqueles tempos, o *idisher tzaitung* era coisa que se respeitava. E por conseqüência, naturalmente, seu repórter.

Contudo, o fato é que, ultimamente, o homenzinho anda por baixo. Os serviços do jornal caíram. A velha rotativa anda um tanto empoeirada. O número de leitores, cada vez menor. Afinal, quem é que, hoje em dia, lê o *idish* ou, ao menos, fala o engraçado e, ao mesmo tempo, triste idioma de Sholem Aleihem, Peretz e Mendele? Quem?

Por essa e outras é que o nosso repórter tem de recorrer a biscates variados e dos mais estranhos, para sobreviver. Às vezes, defende-se no campo sagrado do Cemitério, com uns dois ou três *molerahamim* (evidentemente a voz dele não é de nenhum grande *hazan*, mas dá para o consumo); acerta também uns contratozinhos de *baaltefilá* numa ou noutra sinagoga; e até mesmo aulas particulares de *barmitzvá* tem prestado.

Mas ainda existem alguns momentos preciosos (bem poucos, é verdade), em que o nosso persistente repórter revive as glórias do passado. Como, por exemplo, da última vez, nas comemorações do

Iom Hachoá. Tendo chegado ao cemitério, no local do Monumento dos Mártires da Segunda Guerra, ainda a tempo de pegar o último orador, alguém da multidão o reconheceu. Talvez um daqueles velhos leitores. E, apontando para ele, meio sorriso nos lábios, murmurou à pessoa do lado: "Ah, o *idisher tzaitung* chegou!"

ONDE FOI MESMO QUE OUVI?

Existem certas palavras, frases, anedotas, conversas que ouvimos casualmente e que nos parecem destituídas de interesse ou valor, mas que acabam, de forma inexplicável, nos ficando no porão da memória, esbracejando e incomodando. O único modo de nos vermos livres delas, conforme aprendi de um velho amigo, também escrevinhador como eu, é quando finalmente as aprisionamos no papel. Portanto, me perdoem.

1

Jovem para a mãe esclerosada:
— Mãe, por que está derramando água no tapete?
— É que preciso regar minhas plantas...

2

Garoto para o pai:
— Não me dê a mão, papai, senão vão pensar que sou criança.

3

— Ah, minha amada, como gostaria de me enforcar nos seus longos cabelos!

4

— Psiu, você está ouvindo?
— Ouvindo o quê?
— Esse imenso silêncio.

5

— Mãe, tive um pesadelo, sonhei que estava morrendo.
— Isso significa que você terá longa vida, meu filho.

6

Os segundos vão pingando um a um pela fresta do relógio.

7

— Acho que a lua não é mais a mesma.
— Por causa do Armstrong?
— Não, por minha causa mesmo.

8

Dois membros da congregação discutindo a respeito do novo rabino.
— Ah! — diz um deles. — Como ele fala bem!
— O que há de maravilhoso nisso? Com uma cultura dessas, até eu seria um grande orador.

9

Onde foi que ouvi esta? À falta de outro nome, não sei bem por que, vou batizá-la com "A última do último *clientelchik*":

Ruvque, cujos negócios iam de mal a pior, voltando para casa, desanimado, diz à sua mulher:

— Estive hoje com aquele que considero o comerciante mais rico do Bom Retiro, e o encontrei à mesa, comendo *blintzes*. Aspirei o delicioso aroma deles e, confesso, mulher, fiquei com água na boca. Quando um milionário come um manjar desses, com certeza deve ser uma coisa soberba.

E Ruvque conclui, suspirando.

— Ah, Rebeca! Se eu pudesse provar ao menos uma vez esses *blintzes*!

— Como posso lhe fazer blintzes?! — pergunta-lhe a mulher.

— Para isso vou precisar de ovos.

— Ora, vire-se sem os ovos — grita-lhe Ruvque.

— E o creme?

— Bem, o creme você pode dispensar.

— E você acha que açúcar é de graça?

A mulher, porém, obediente, pôs-se a trabalhar e, afinal, os apronta. Com o ar mais satisfeito do mundo, Ruvque começa a curti-los; mastiga-os lenta e cuidadosamente. De repente, pára de mastigar.

— Quer saber de uma coisa, Rebeca? — exclama ele. — Juro, não sei o que os idiotas dos milionários vêem nesses *blintzes*!

QUEM TEM MEDO DE TEATRO?

Gosto muito de ir ao teatro e assistir às peças modernas, mas nunca imaginei assistir ao que assisti quando estive a última vez no Taib, que fica na Rua Três Rios, em pleno Bom Retiro. Era um sábado à noite, com um público razoável. Do meu lado, veio sentar-se um casal de meia idade, que logo reconheci como o casal típico bem comportado do Bom Retiro; ele, de terno e gravata, muito formal, muito sério; ela, de estola de raposa (ou outro animal, desculpem a ignorância), um pouco empavoada, com o vestido de *soirée*, cabelo e rosto visivelmente recém-saídos de um salão de beleza. Pelo ar de excitação que havia neles, também não me foi difícil compreender que estavam ali atraídos mais pelo que o teatro podia significar como alguma coisa de arte e cultura. E, ao mesmo tempo (por que não?), como aquele bom programa de gente fina nos sábados à noite.

A peça a que íamos assistir, no entanto, era de Plínio Marcos, *Navalha na Carne*, e confesso que tive desde logo minhas sérias dúvidas quanto ao eventual conhecimento que o casal poderia ter desse famoso teatrólogo e, ainda mais especialmente, do seu revolucionário *Navalha na Carne*.

Enquanto aguardávamos o início do espetáculo, reparei como ambos olhavam de um lado para outro, evidentemente já um pouco desapontados por não verem naquele público a finura e o chique de roupas que, por certo, imaginavam encontrar. De que estivessem redondamente equivocados, não podia haver muita dúvida. Afinal, a peça não era nenhuma ópera, nem o Taib, um Teatro Municipal. E creio mesmo que, a esta altura, já lhes teria passado pela cabeça se estavam ou não no local correto.

— Shloime — perguntou a mulher ao marido —, como é mesmo o nome da peça?

— A peça é de um tal de Marcus — ele sussurrou em resposta.

— Ah, Marcus! É um autor judeu? Um autor judeu num teatro *idish*, muito bonito.

— Não estou bem certo disso, Iente.

— Mas o nome da peça, como é mesmo?

— O nome é meio *meshigue*: *Navalha na Carne*. Deve ser alguma espécie de comédia de barbeiro.

— Barbeiro?!

— Que que você quer? Com um nome desses, *Navalha na Carne*, só pode dar barbeiro. Se até ópera já se fez em torno dessa interessante profissão!

Passados mais alguns minutos, depois de avaliar as pessoas que vinham ocupando os lugares, na maioria jovens vestidos de *blue-jeans* e mastigando pipocas, e alguns adultos com caras alegres e roupas esportivas, de novo o casal trocou um olhar entre si.

— Iente, acabo de me lembrar — sussurrou o marido, tentando trazer um pouco de otimismo à mulher, esta já bastante desconfiada. — O nome da tal ópera é *Barbeiro de Sevilha*. Sim, uma ópera famosa, muito conhecida na Europa. Só quero ver se esta *Gilete na Carne* é tão boa quanto o *Barbeiro de Sevilha*.

Nessa altura fiquei seriamente preocupado; no meu íntimo, fiz uma ardente prece pela sorte do casal.

Mal se abriu a cortina, com as primeiras falas em cena, esfriei. O cenário era sombrio: um sórdido quarto de hotel com um velho guarda-roupa, um criado-mudo, uma cadeira velha e uma suja cama de casal. E os atores estavam bem desinibidos. Ao explodir a primeira pachouchada, o homenzinho afundou na poltrona (literalmente caiu), e a mulher tomou-lhe o braço e o torceu como quem torce uma toalha.

No palco, a ação prosseguia. De novo, uma cena violenta, com um palavrório de deixar cabreiro qualquer bom cristão. A coisa ali de fato começou a esquentar.

— Oi, a *broch*, Iente! — exclamou o marido, pulando do seu lugar. — Depressa, vamos correr, antes que eles desçam do palco e nos peguem aqui embaixo.

E o pobre casal, pisoteando, empurrando a todos que estavam em seu caminho, arrojou-se para a saída numa das mais desabaladas fugas a que, em teatro, me foi dado assistir.

ESPERANDO GODOT?

Quem passa pela Rua Prates, entre a Três Rios e a Ribeiro de Lima, aos domingos pela manhã, vê um aglomerado de velhinhos e velhinhas postados na calçada, em frente a um sobrado antigo, esperando por alguém ou por alguma coisa.

Se formos do tipo curioso, paramos o carro para saber do que se trata. Notamos, então, que todos estão bem vestidos. Os homens, de gravata e chapéu; as mulheres, de bolsas vistosas e vestidos domingueiros. Irão para alguma festa? Pelas expressões e pelo ar festivo que apresentam, talvez seja. Mas, que espécie de festa têm eles a esta hora matinal? Quem sabe, alguma excursão ou algum piquenique? Não, o tipo de roupa que usam não se presta para excursões, nem para piqueniques.

Os que vão chegando, alguns aos pares, outros sozinhos, sorriem e acenam cumprimentos discretos aos que já estão ali parados. Puxam conversa, tagarelam e olham de um lado para outro, à espera de algo. Mas esperando o quê? Esperando Godot?

Aí saímos do carro e atravessamos a rua, dispostos a deslindar o mistério. Que diabo estará acontecendo ali? Por que tantos velhinhos e velhinhas juntos? O que fazem e o que, afinal, estão esperando?

Uns falam de seus filhos, outros, de seus netos, de seus genros e noras, alguns não falam nada. Nota-se, às vezes, um gesto cavalheiresco e até romântico de alguns para com as suas companheiras, no ato de lhes estender a mão, esta um tanto trêmula e envelhecida. Os que vieram sozinhos procuram logo juntar-se aos demais. No conjunto, é um grupo alegre, comunicativo e ordeiro. Contudo, nota-se em todos certo ar de excitamento. É, com certeza, presumimos, a tal espera (espera do quê?) que os vai deixando assim deste modo.

Misturamo-nos a eles, de antena em pé e ouvido atento, pois ainda não atinamos com o motivo da aglomeração. Uma aglomeração, convenhamos, algo insólita. Como todos falam *idish*, para que não nos estranhem, convém também fazer-lhes as perguntas em *idish* — é o que resolvemos — e aí é que começam algumas das dificuldades.

Vos iz guechen? (Que é que está acontecendo?) — é a primeira que nos ocorre. Não, assim não fica bem. *A hassene*? (Um casamento?). Não, com certeza não é um casamento — e a pergunta pode cair mal. *Vemen vart ir*? (A quem estão esperando?). Talvez isso. Tomamos coragem e, afinal, lançamos a indagação.

Nosso interlocutor, um velhindo bastante agitado, não nos entende bem e olha-nos com um ar de espanto. Possivelmente, o *idish* de que nos utilizamos esteja mesmo atropelado. Não insistimos mais e acabamos lhe fazendo a pergunta em português mesmo:

— Que que há por aí, meu chapa?
— O ônibus deve chegar a qualquer momento — responde-nos sisudamente.
— Ônibus?! Que ônibus?

O velho se afasta para cumprimentar um conhecido e nos deixa falando sozinhos. Procuramos à nossa volta outra pessoa, menos ocupada e mais prestativa. Mas, antes que possamos nos aproximar dela, surge da esquina o tal ônibus, resfolegando e buzinando.

O grupo corre para a porta e, entre exclamações e suspiros, todos vão se metendo dentro. Em pouco; não resta ninguém na calçada. O motorista, um baiano de boa cara, olha para fora, dá uma última buzinada e se apronta para fechar a porta.

— O senhor também vai? — grita-nos do seu assento, com um estranho brilho demoníaco nos olhos. — Temos de partir logo, estamos atrasados.
— Mas, para onde é que vai?
— Ao Butantã.
— Cemitério?!
— Sim. O amigo vai ou não vai? É de graça.
— Não, muito obrigado.

HUMOR NEGRO

Dirigia-me eu à velha sinagoga (para cumprir o meu *cadish*) e já estava a poucos passos dela, quando notei como aquele velhinho, que vinha se arrastando pesadamente pela calçada, pisou em alguma coisa. Subi a escada horrorizado e fui sentar-me como de costume num dos bancos mais discretos, próximo de um vitral, de onde se podia aguardar com conforto o início dos serviços de *Minhe* e *Maariv*. Pouca gente havia chegado, e ainda não se formara o devido *Minian*.

Não demorou muito, para a minha surpresa, dei com o tal velhinho entrando ali e vindo sentar-se justamente na ponta do meu banco. Ele estava ofegante da caminhada, sorriu gentilmente e me cumprimentou. À sua entrada, o cheiro cru que se espalhou de imediato no ar atingiu-me em cheio. Mas, naturalmente, eu não iria cometer a indelicadeza de lhe dar as costas me afastando dele sem mais aquela. Procurei, pois, me controlar, e lhe retribuí o sorriso amável.

Dentro de pouco, outros dois correligionários chegaram, vindo sentar-se, um no banco da frente, outro no banco de trás. O do banco da frente abriu o seu livro de rezas e passou a cantarolar algumas orações preliminares. Era um sujeito alto e forte, de seus sessenta e poucos anos, de fisionomia simples e honesta. O de trás, diferente do primeiro, era um homenzinho baixo e gordo, com uma aparência bem jovial.

— Temos hoje pouca gente — disse-me ele, com um sorriso benevolente.

O cheiro que continuava a tresandar por aquele canto pareceu-me cada vez mais expansivo e penetrante. Receei que os meus novos vizinhos logo acabassem sentindo a coisa. No entanto, o primeiro continuou a cantarolar e o segundo a sorrir, sem que nada deixassem transparecer. O próprio velhinho mantinha-se com um ar sereno e indiferente.

A certa altura, o sujeito alto, o que cantarolava o tempo todo, começou a esmiuçar o meu rosto e os dos meus companheiros de assento. Logo em seguida, percebi que a voz dele entrou a baixar. Por fim cessou completamente. Levantou-se e disse:

— Hummm!

Fungou duas ou três vezes, e voltou a sentar-se com um ar impressionado. Ficou pensativo, olhou para mim e perguntou:

— Tudo bem, meu amigo?

— Sem dúvida — respondi com um suspiro.

Todos começaram a se entreolhar desconfiados e a buscar disfarçadamente sob os bancos o causador daquele estranho fenômeno.

— Esta nossa sinagoga está precisando é de alguns reparos nos canos de esgoto — continuou o cidadão alto que tinha entabolado conversa comigo. — É uma pena que o nosso Vice não esteja hoje por aqui; eu poderia lhe dizer umas boas...

— Que esgoto, que nada! — interrompeu-o o que estava atrás de mim. — Isso está é me parecendo alguma coisa morta!

Nisto o velhinho, que se mantinha com um ar sempre distante, fez um ligeiro movimento com os pés. Bastou tal movimento para que o sujeito alto, o que estava mais perto dele, se erguesse feito uma mola.

— *Psiacrev*! — exclamou e, olhando com desprezo para nós três, a quem reconhecia como culpados, afastou-se para o fundo da sinagoga.

O outro do banco de trás, já bastante desconfiado do que podia haver de irregular no seu próprio local, tomou também uma atitude, vindo sentar-se em nosso banco, como que pretendendo resolver o problema.

A situação, todavia, não melhorou. A cada movimento do velhinho, de minuto em minuto o odor se tornava mais e mais forte. A tal ponto de obrigar o baixinho que se metera entre nós a retirar do bolso um grande lenço e nele enfiar o rosto. A esta altura, perdera toda a jovialidade, a lividez tomara conta de suas faces. Como fosse, porém, homem persistente, ainda não se dera por vencido. Olhou para a esquerda, olhou para a direita e, por fim, abaixou-se para examinar as condições debaixo do banco. E no que se abaixou, perdeu a respiração, vi-o arquejar convulsivamente e, depois, erguendo-se num salto:

— Depressa, depressa, deixa-me passar — implorou com voz rouca. Sem acrescentar água vai, precipitou-se, não sei por que, para o vitral. Encontrando-o naturalmente fechado, correu feito um doido para a porta da saída.

À vista desse atropelo todo, alguns dos patrícios mais afoitos, não sabendo do que ocorria, apenas sentindo algo estranho no ar, por via das dúvidas também trataram de se mandar, uns com mais, outros com menos dignidade.

E foi assim que, cumpre-me dizer, pelo motivo mais constrangedor, acabamos ficando nessa noite sem o nosso devido *Minian*.

CONDOMÍNIOS DO BOM RETIRO

Meu pai, que mora num desses excelentes apartamentos do Bom Retiro, em frente ao Jardim da Luz, me telefona ao escritório, afobado:
— Vem logo, estou com um problema.
— O que foi? — alarmei-me. — Coração?
— Antes fosse, está acontecendo uma *meshigass*, uma confusão terrível, aqui no apartamento de Dona Clara.
— Quem é essa Dona Clara?
— Ela ocupa o apartamento debaixo do meu.
— E daí?
— Diz que está pingando "alguma coisa" no dormitório dela, e que isso vem do meu banheiro.
— Como assim, pingando "alguma coisa"?!
— Não sabe dizer se é água limpa ou se é água suja.
— Está bem, está bem, passo no fim da tarde.
— Acho que você ainda não conhece Dona Clara, a *mahacheife* não pára de bater na minha porta. Ameaça armar um escândalo.
— Está bem, não se preocupe, telefono já para o meu encanador.
— Seu Joaquinzon, o zelador do nosso prédio, já me mandou um, ele acha que é do meu banheiro.
— Por que então não autoriza logo o raio do serviço?
— *Shrai nit*! Quero que você antes dê uma boa olhada, e já.

Pedido de meu pai é uma ordem para mim. Menos de meia hora, cheguei correndo ao prédio. Já na entrada, o porteiro me olhou feio. Meu velho me aguardava ansioso. Fui direto ao banheiro dele. Esmiucei-o cuidadosamente, mas não vi nada.

— Vamos examinar o apartamento de Dona Clara — sentenciei, decidido.

Nisto, Edite, a empregada que há muito cuida de meu velho, uma boa alma cearense, cortou o meu caminho.

— Cuidado com esta Dona Clara, é uma peste de mulher.
— Como assim?
— Ela não deixa a gente em paz. Se não fosse o seu pai aqui, eu já lhe teria dado um cacete.
— Que foi que aconteceu?
— Quando eu disse a ela que ele estava descansando, não quis confiar em mim, foi entrando no quarto, e ele teve de ouvi-la, imagine, da própria cama.
— Bem, vamos descer — disse eu.

A porta nos foi aberta por uma velhinha rija, de seus setenta anos. Era a própria Dona Clara. Como meu pai, também ela morava sozinha.

— Não agüento mais isso aqui — foi-me dizendo. — Venha, vou lhe mostrar.

Conduziu-me ao seu quarto de dormir. Por todas as paredes, retratos de netos e filhos, as janelas todas fechadas, um cheiro de mofo no ar.

— Olhe só — disse-me, apontando o teto.

Mal consegui vislumbrar no alto uma gotícula transparente, pendendo teimosa do revestimento. De fato, lá estava a tal gotícula, ameaçadora, pendendo, pendendo, mas nada de cair. Todos nós fixamos os olhos nela e ficamos na expectativa.

— Quanto tempo ela demora para cair? — perguntei.
— Isso eu não sei dizer. Mas, por favor, veja o pano que pus aí no chão ao lado da cama.
— O que tem ele?
— Não vê?! Está úmido. O seu pai é o culpado de todo este transtorno, e ainda não fez nada.

Meu velho se mexeu inquieto.

— Vamos fazer, minha senhora, não se preocupe — tentei acalmar os dois.

— Ainda bem que o senhor veio! — Dona Clara pegou-me pelo braço e, abaixando um pouco o tom de voz, lançou-me na cara uma perguntinha: — Por favor, diga-me uma coisa: quando é que fica pronto o serviço?

— *Cum avek*, não tem com quem falar, vamo-nos embora daqui — exclamou meu pai, transtornado. — *Zi iz ingantzn tzudreit*.

Tomamos a direção da porta, sempre com Dona Clara atrás de nós, bem colada, arrastando os chinelos.

— Fique tranqüila, minha senhora, vou logo autorizar o conserto — disse-lhe eu.

— Eu já ia telefonar para o meu neto, que é advogado. Quero saber quando é que o serviço vai ficar pronto. Ninguém agüenta uma coisa dessas, entende?

Só nos deixou em paz, quando meu velho, que é uma pessoa relativamente calma, lhe bateu a porta na cara. — *A meshiguene* — disse ele.

Edite veio ao nosso encontro.

— O senhor viu a mulher? Está deixando o seu pai doidão. Eu lhe devia dar um cacete.

— Calma, Edite. Vai chamar o zelador, vou acertar com ele as coisas.

Um português grandalhão, com uma estranha cara de cavalo, foi-me apresentado. Sorriu para o meu pai (que a esta altura já andava meio arriado), e lhe disse, franzindo os grandes beiços:

— Então este é o seu filhinho?

— O senhor está seguro de que o vazamento não provém de algum condutor pluvial? — perguntei.

— Plavial?! Aqui no Bom Retiro não temos dessas frescosidades, não. O v'zamento é do banheiro do seu papai.

— Não entendo como isso é possível, se o quarto de Dona Clara está longe do banheiro dele?

De novo um sorriso cavalar, e outra vez: "É do banheiro do seu papai".

— Que é que o encanador pretende fazer?

— Homessa! Vai quebrar os azulejos e trocar os tub'lamentos.

— Mas é necessário mesmo?

— Nosso baianinho não falha; cobra caro, mas g'rante o serviço.

— Será que não podia verificar antes o tal condutor de águas pluviais? — ainda tentei.

— Plaviais?! Nada disso, o v'zamento é do banheiro do seu papai.

— *Loz im hop, dem ferd* — mau pai sussurrou-me ao pé do ouvido e me puxou pelo braço.

Bem, para encurtar a história, autorizamos o serviço (essa *maharaique*, como dizia meu pai), e Dona Clara se acalmou. O baianinho, depois de quebrar mais da metade do banheiro, chegou à conclusão de que não havia nada de errado nele. Ao examinar, porém, o telhado e a laje de cobertura, descobriu que o problema, fácil por sinal, estava num miserável condutor de águas plaviais, desculpem, pluviais.

— Da próxima vez, chamo o teu irmão — disse-me o meu velho, secamente. — Teu irmão, garanto, não teria permitido nenhuma quebradeira.

O SEGREDO DO BONECO

Há dez anos que no meu caminho do escritório venho passando pelos mesmos lugares, pelos mesmos pontos, pelas mesmas pessoas. São quatro vezes por dia. Na ida, paro na pequena loja do velho espanhol onde compro os meus cigarros. Encontro-o todos os dias, mas não sei dizer o seu nome, nem ele, o meu. Paro também um instante na banca de jornais para ver as manchetes; recebo o cumprimento amável do jornaleiro, mas também não conheço o nome dele. Na volta, costumo entrar na livraria para uma vista de olhos às novidades; embora tenha contato diário com este livreiro, confesso que também nunca soube o nome dele. Às vezes, paro na esquina para engraxar os sapatos; o engraxate que me atende tem seu caixote armado à sombra de uma árvore centenária, cujo nome, por sinal, também ignoro.

Embora tenha o costume de dar uns dedos de prosa com todos e saiba de alguns fatos relacionados com suas vidas, não conheço o nome completo de nenhum deles, nem eles tampouco conhecem o meu.

Neste caminho diário, defronto-me também com o vendedor de bonecos, cujo negócio funciona em plena calçada, próximo de um muro. O boneco que vende é feito de papelão colorido, tem por pernas tirinhas de borracha, dança, sapateia, pula e dá cambalhotas. Ninguém entende como isso é possível. Postado a alguns passos, fica-lhe fazendo sinais, e a criaturinha automaticamente lhe obedece, o que sempre atrai um bom grupo de pessoas. Na modesta maleta que deixa aberta no chão, tem ali reunido todo o estoque de bonecos, cada qual acondicionado numa atraente embalagem de celofane.

Venho acompanhando a carreira dele desde quando se instalou no ponto, coisa também de uns dez anos. Era, então, um jovem magro e tímido. Ao contrário de outros camelôs, procurava trabalhar em silêncio. Não era mesmo de falar muito. Talvez por lhe faltarem os dentes da frente, como pude logo notar. Para atrair a atenção do público, a única coisa que fazia era bater palmas, como acompanhando o ritmo do boneco, este se exibindo saltitante e alegre. De início, suas roupas, conquanto limpas e asseadas, tinham o claro sinal da pobreza, mas, com o passar dos meses, foram sendo substituídas: o blusão de náilon, a camisa esporte, a calça de tergal. Ao cabo de mais algum tempo, novo progresso: uma dentadura. Ainda assim, pouco mudara o seu comportamento; diante de qualquer pergunta, apenas sorria timidamente e informava de que tudo vinha explicado no papelzinho da embalagem.

O bonequinho dele não custava caro, não; de fato, qualquer pessoa podia adquiri-lo por uma bagatela. Eu mesmo, tão curioso quanto os outros, já me inclinava a fazê-lo; no entanto, acabava sempre deixando para depois. No íntimo, talvez me agradasse ir brincando com a idéia daquele segredo, a grande chave do negócio. Nem que fosse por um breve instante, juntava-me aos curiosos e permanecia ali à procura de alguma pista casual.

Fui, assim, por longos anos, espectador diário de tal cena de rua. Sempre a mesma, o mesmo bonequinho de papelão, as mesmas cabriolas, a mesma embalagem de celofane, os mesmos gestos comedidos da parte do camelô. Nada, porém, que denunciasse o segredo.

Dez anos pesam sobre uma pessoa. Envelheci um pouco, ele também. Certamente, progredi nos meus negócios como ele nos seus. Engordou um pouco, perdeu algo de sua timidez. Nada sei dizer de sua vida particular, nem de sua esposa ou de seus filhos. Eu me casei e tive filhos.

Um dia, meu filho, o de oito anos, acompanhou-me ao escritório. No caminho, paramos na pequena tabacaria; o velho espanhol observou-nos atrás do balcão, sem dizer nada. Diante da banca de jornais, passei os olhos pelas manchetes; o jornaleiro olhou-nos como se olha para velhos amigos. Ao passarmos pelo silencioso camelô, como sempre havia à sua volta uma roda de curiosos, o que fez com que detivéssemos os nossos passos, mas desta vez por iniciativa mais de meu filho do que minha.

Pela expressão dele, percebi o quanto estava fascinado. Não tirava os olhos de cima do alegre bonequinho, o qual como sempre, novo em folha, dançava e pulava. Está claro que acabei concordando em comprá-lo para ele. De um lado, isso me encheu de satisfação, pois, havia muito que aguardava um pretexto como este; de outro, refleti que talvez não me fosse agradável, após tanto tempo, desvendar o velho segredo para finalmente descobrir que todo ele, quem sabe, não passasse de uma mera banalidade.

Em todo o caso, combinamos fechar o negócio na volta, pois, está claro, não seria bonito entrarmos no escritório com um reles brinquedinho na mão. O garoto, apesar de seus oito anos, me compreendeu e concordou com o adiamento, que era, afinal, por poucas horas.

Ao fim da tarde, no entanto, ele estava de tal modo impaciente que não só não me deixou parar nos lugares de costume, como até mesmo me obrigou a apertar o passo. Para nosso espanto, porém, o camelô não estava mais ali. Ou porque considerasse suficientes suas vendas, ou por qualquer outro motivo, naquela tarde tinha-se retirado mais cedo. O desapontamento que se estampou em nossos rostos foi algo bem visível. De qualquer forma, garanti-lhe que poderíamos, sem nenhum problema, adquirir o boneco no dia seguinte.

Para quem, como eu, que já vinha adiando a coisa havia dez anos, um dia a mais não iria fazer diferença, mas, para ele significou muito. Por isso, logo de manhã encontrei-o a postos, já à minha espera. O céu estava encoberto, caía uma chuvinha rala. Não tive coragem de lhe dizer que, em dias assim, por motivos mais do que justificáveis, o nosso camelô não ia ao trabalho. Mas, quem sabe, o tempo ainda fosse melhorar.

No entanto, quando chegamos à cidade, a chuva continuava lavando as ruas. Não havia nem sombra do homem. O desconsolo que tomou conta do garoto me machucou a alma. Só me restou renovar-lhe a promessa: ainda que não lhe fosse possível vir comigo no dia seguinte, sem falta eu faria a compra e lhe traria o boneco para casa.

Assim, pois, tivemos de nos conformar com mais esse adiamento. Naquela noite cheguei mesmo a sonhar com o diabinho do boneco. Estranhamente, lá estava ele interferindo num caso incrível em que me vira envolvido. Alguém já disse que os sonhos refletem as nossas preocupações. E, de fato, eu andava, por esse tempo, acabrunhado por certos negócios do meu escritório. De tal modo que, no dia que se seguiu, acabei me esquecendo da encomenda, o que, naturalmente, trouxe, de novo, sério desapontamento ao meu filho. Constrangido, nada mais me restou senão reafirmar-lhe a promessa já feita.

E, de fato, quando na manhã seguinte me dirigi para o escritório, a primeira coisa que fiz foi correr ao camelô. Contudo, para surpresa minha, apesar da boa manhã ensolarada, não vi nem sombra dele. Teria adoecido? — pensei comigo.

Após três ou quatro dias, ainda ausente, comecei a desconfiar de que talvez tivesse mudado de ponto. Bem analisada, era uma hipótese improvável. Por que e para que mudaria, se os negócios dele iam tão bem? O mais certo, concluí, é que estivesse gozando de umas férias. Afinal, após dez anos, um homem pode dar-se a esse luxo.

Aguardei outra semana, e nada. Meu filho já o havia esquecido; eu, porém, não conseguia tirá-lo da cabeça. Onde teria se metido o meu silencioso camelô? Em que ponto da cidade estaria o seu engraçado bonequinho pulando e dançando?

Andei fazendo minhas investigações. Depois de muitas consultas aqui e ali, alguém me passou a fatídica notícia: num desses descuidos bestas, fora atropelado, e morrera a caminho do Pronto-Socorro.

Com isso, está claro, a última oportunidade de ver esclarecido o segredo do boneco me ficou perdida para sempre. E foi uma pena.

O HOMEM QUE SE PERFUMAVA

Uma manhã, bem cedo, Moishe Aaron apareceu-me no escritório. Trajando um longo capote cinza, fechado até o pescoço, carregava debaixo do braço a sua inseparável pasta de couro, já desbotada de tanto uso. Seu rosto oval aparentava uma cor doentia. Mal dava para reconhecê-lo; estava reduzido à metade. Seus olhos pretos, apagados; o nariz, que era forte e grosso como o de um pugilista, perdera a altivez, parecia murcho, sem vida.

Levantei-me para cumprimentá-lo. Ele cruzou a sala, a passos lentos, e abraçou-me.

— Como vão as coisas, Moishe?

— Ah, minha operação! Não foi brincadeira, não. Escapei por pouco, estava mais para lá do que para cá. — Deu um longo suspiro, balançando a cabeça. — Mas, já estou bem, vim aqui para me desculpar.

— ?!

— Nunca me aconteceu... Imagine, alguém me confiar uma festa, e eu não cuidar dela pessoalmente!

— Ora, o teu pessoal foi muito atencioso, tive um excelente serviço, Moishe.

Por um momento, suas feições se iluminaram; nenhum elogio lhe teria causado tanto prazer.

Para que me compreendam, devo fazer aqui um breve relato do que foi a vida de Moishe Aaron. Sobretudo, suas relações com a comunidade. Pois é bem provável que muito poucos, principalmente os da nova geração, saibam alguma coisa a respeito dele. A notoriedade tem disso!

Com efeito, não havia entre nós elemento mais ativo do que ele; era, verdadeiramente, um homem de sete instrumentos.

Assim, por exemplo, nas datas máximas de *Rosh Hashaná* e *Iom Kipur*, ou mesmo em festividades menores, quando o nosso *hazan* oficial, por motivos fortuitos, ficava impedido de cumprir sua função, nesse caso quem era o natural reserva? Moishe Aaron. Convocado às pressas, conduzido aos trambolhões, surgia diante do púlpito como um verdadeiro salvador. Cobria-se com o *talis*, fechava os olhos e sua voz possante ressoava, dominando a sinagoga. Cantadas com tamanho fervor, as preces do *Iom Hadin* (ninguém ousava duvidar) ecoavam nos sete céus, clamando pela misericórdia do Eterno. Como *hazan*, naturalmente, não era nenhum Iossele Rozenblat, mas dava conta do recado: balançava-se, batia os punhos na mesa e, de fato, impressionava.

Nessa nossa pequena sinagoga, Moishe era, sem dúvida, uma espécie de quebra-galhos precioso. Se havia algum conserto a fazer, era ele quem se atirava ao trabalho. Quando os moleques da rua, aos sábados de Aleluia, apedrejavam as vidraças, quem é que saía correndo atrás deles? Moishe, é claro. E quantas vezes, enfrentando marmanjos taludos, não voltava dessas tempestuosas excursões, meio esbodegado, para não dizer algo pior!

Como *clientelchik*, trabalhava duro no sustento da família. Como se sabe, *clientele* nunca foi uma profissão muito suave, mas ele nunca se queixou dela. Muito pelo contrário. Quando começava a nos falar dos seus casos, podia-se morrer de rir. Nessas histórias, destacava dois personagens: o implacável fiscal e o famigerado caloteiro. O primeiro era como um gato enorme (mas estúpido) que vivia correndo atrás de um ratinho raquítico (mas esperto), o *clientelchik*. Uma perseguição assaz interessante. Chamava o caloteiro de *chvok*. Ter por cliente um *chvok* — dizia ele — era coisa inevitável na carreira de qualquer *clientelchik*. Aliás, sobre esse assunto, Moishe Aaron tinha a sua própria teoria: "Um *chvok*, reconheço pelo nariz; o nariz é a verdadeira janela da alma".

Colaborava também com o pessoal do *Chevre Kedishe*. Com o tempo, tornou-se ali uma figura indispensável. Que quer dizer indispensável? Nenhum defunto era despachado, sem que recebesse dele o devido O.K. Tratava dos papéis, da licença, do féretro, de tudo. Em qualquer enterro, lá estava ele, correndo, suando, dando ordens, fazendo sinais aos coveiros, consolando a pobre família, acompanhando o finado até a sua última morada. À beira da cova,

por vezes, embalado pelos melancólicos discursos, suspirava cheio de pesar.
Ordinariamente, Moishe não tinha tempo para pesares. Ainda mais quando havia dois ou três enterros no mesmo dia, o que por si só já constituía uma boa tragédia. Nessas condições, não tinha tempo sequer de comer, nem mesmo de mijar, me perdoem a expressão. Enterrado o morto, preocupava-se com a formação do *minian*. Imaginem uma família enlutada sem, ao menos, o conforto de um *minian*! Afinal de contas, os pobres órfãos tinham de rezar o *cadish*!
Pode-se dizer que o *Chevre Kedishe*, graças à eficiente atuação do Moishe, alcançou nesse tempo um belo prestígio. Graças a ele, qualquer morto podia confiar sem receio num correto e bem organizado enterro, acompanhado daqueles sacramentos judaicos, tão necessários.
De fato, não havia ninguém que não pronunciasse o nome de Moishe Aaron com o devido respeito. Alguns até o faziam com um vago sentimento de temor. Ora, temor ao Moishe! Não me será fácil explicar concretamente esse ponto, nem quero que tirem daí conclusões precipitadas. Por isso, direi apenas: Moishe Aaron nunca foi uma criatura de meter medo. Muito pelo contrário. Apesar do lúgubre mister que exercia, era indiscutivelmente um homem simpático, risonho, bonachão.
No entanto, a vida dele, nesse tempo, como já deu para avaliar, era razoavelmente agitada: *clientelchik, hazan, shames,* agente funerário, coletor voluntário do K.K.L., membro ativo de campanhas do Fundo Comunitário, do Lineth Atzedek, do Ezra, do Lar dos Velhos etc. etc. Convém, pois, saber como é que Iente, a tão paciente esposa de Moishe, encarava todo esse conjunto de atividades. A resposta, para sermos bem claros, está consubstanciada numa só frase que ela própria repetia: "Muito vento, pouco *parnusse*". E, a bem da verdade, as queixas de Iente não eram de todo desprovidas de fundamento. Ela gostaria que o seu homem fosse um pouco mais prático. Que trouxesse um pouco mais de dinheiro para casa. Que cuidasse um pouco mais dos próprios filhos. Vivia azucrinando os ouvidos dele com essa variedade absurda de conselhos. No íntimo, gostaria que ele fosse um *guevir* (um ricaço, como ela mesma dizia).
Contudo, Moishe Aaron, temperamento religioso por excelência, alimentava sonhos bem diferentes. Um dos grandes sonhos dele era enfronhar-se no *Talmud*, na *Mishná*, no *Shulhan Aruch*, poder comentar e discutir, de igual para igual, o Rashi, o Ibn Gabirol, o Maimônides e outros luminares da cultura judaica, coisa

que, infelizmente, não lhe fora dado aprender na mocidade. Por isso, nunca deixou de freqüentar a casa do Rebe. Estava sempre presente nas reuniões de estudo. Orgulhava-se de fazer parte desse círculo de homens que, às vezes, varavam a noite toda a debater textos complexos e filigranas incríveis das Escrituras. Se ele, de fato, alcançava o sentido de algumas daquelas sutilezas, ou se fosse capaz de acompanhar, pelo menos, as conclusões a que chegavam, não é coisa que se possa garantir. Mas, o que se pode asseverar, sem medo de erro, era o quanto seu coração vibrava com tudo aquilo.

Quando Iente abria a boca para criticar essas constantes escapadas do marido, ele dava de ombros e retrucava: "Ah, como pode você, mulher, entender dessas coisas!"

Moishe Aaron nunca ia às reuniões do Rebe, de mãos vazias. Tinha o costume de levar uns pratos de *leikah,* umas tigelas de pepinos e arenques, e ainda mais alguns salgados que ele próprio preparava. Esta era a sua cota pessoal, uma espécie de contribuição voluntária na qual se empenhava com carinho e gosto. Achava que para alimentar o espírito, é preciso antes cuidar do corpo. Está claro que ninguém do pessoal presente se opunha à idéia. Alguns até lambiam os beiços; e com justa razão, pois, as iguarias que ele trazia eram, na verdade, do mais alto quilate. E o hábito virou tradição. Em breve, essa fama de Moishe estendeu-se muito além dos meros círculos restritos do grupo.

Foi, justamente, a partir daí, que lhe surgiu uma nova atividade. Pouco a pouco, começou a atender pequenos *simhes,* um *brit-milá* aqui, outro *bar-mitzvá* ali. A princípio, festinhas de 30 a 40 convidados, depois, festas de cem. E, de repente, deu-se conta de que estava metido num amplo negócio.

Após refletir bem no assunto, decidiu fundar uma firma, como manda o figurino. Iente respirou aliviada: o seu homem, enfim, acabava de entrar no bom caminho.

A nova carreira de Moishe Aaron foi um êxito retumbante. Organizou-se, formou uma equipe, comprou até mesmo uma perua, contratou um contador, um gerente e, sem nenhum exagero, uma secretária. Os pedidos começaram a chover. Eram noivados, casamentos, *Bar-Mitzva's, Brit-Mila's,* bodas de ouro, bodas de prata, bodas de todo jeito, inaugurações, aniversários. Ele supervisionava tudo pessoalmente, não deixava nada por conta de ninguém. Metia-se na perua e, acompanhado do seu gerente, corria às granjas. Escolhia ele mesmo os melhores frangos, os melhores patos. Selecionava pessoalmente as frutas, experimentava o gosto dos melões, dos abacaxis, das uvas. Inspecionava a cozinha, queria saber como é que estavam preparando o *shulent,* o *hale,* o *guebrotene-Katchke,* o *guefilte-fish,* o *hrein.* Gritava com suas cozinheiras para que não deixassem queimar nada. Dava instruções nervosas ao atrapalhado gerente de como deviam ser arranjadas as mesas, com aqueles incríveis enfeites de sua inventiva. Se descobrisse, *has-vehalila,* uma toalha não muito limpa, arrancava-a com estardalhaço e a jogava no chão. Em todas as festas, lá estava ele, metido num terno escuro, chapéu preto na cabeça, percorrendo de um lado a outro o salão, com seu passinho rápido. Sorria para os convidados e os cumprimentava com fortes meneios de cabeça. Corria para a mesa central, a fim de saber se os anfitriões estavam sendo servidos adequadamente. Depois, voltava correndo para a cozinha.

Iente esfregava as mãos, satisfeita. Os negócios iam de vento em popa. É claro que, nessa altura, Moishe Aaron teve de pôr de lado alguns dos seus múltiplos ofícios, principalmente os do *Chevre Kedishe.* Mas, não foi por falta de tempo, nem por falta de vontade, não. Isso lhe fora praticamente imposto. É que, vamos e venhamos, umas e outras daquelas atividades não combinavam.

As más línguas andaram fustigando: "Você vai dar uma festinha com o agente funerário?" As piadinhas eram de abater o moral de qualquer um, e Moishe cedeu, teve de abandonar o *Chevre Kedishe.*

Com o tempo, os comentários maldosos cessaram, e o chamado "Bufê de Moishe Aaron" tornou-se um dos mais conhecidos e prósperos da comunidade. Mas, por ironia, vejam só, apesar da vertiginosa ascensão dos negócios, Moishe, o seu titular, às vezes, não se sentia feliz.

Bem, não é muito comum isso de um *guevir* ter saudades dos seus tempos de *captzn;* no entanto, com ele foi assim. Não sei se uma coisa tem relação com a outra, mas o fato é que estranhos períodos de abatimento se abateram sobre ele.

Moishe, que nunca soube o que fosse um médico, tornou-se, de repente, freqüentador de consultórios. E o que lhe diziam os médicos? Diziam que não tinha nada. Que tirasse simplesmente umas férias. Que não se desgastasse demais com o trabalho. Enfim, conversa fiada, pois, no íntimo, Moishe Aaron sabia do que se tratava e, passado o período de depressão, voltava ao trabalho, com o mesmo entusiasmo.

As crises, porém, se agravaram. Já nos últimos tempos, dera para beber. A vodca tornou-se para ele um hábito e uma necessidade. Mas, vejam bem, bêbado nunca chegou a ser, nem ninguém jamais o surpreendeu fora de si. Algumas frases tolas, sim. Ora, quem não as diz, de vez em quando?

O que havia, mais do que tudo, eram momentos terríveis de pessimismo.

— O *malach-hamoves* me persegue — queixava-se para a mulher.

— Não diga bobagens — retrucava-lhe Iente. — Você vive com doenças imaginárias.

— Estou pagando meu pecado.

— Que pecado, que nada.

Os empregados, ouvindo esse tipo de conversa, trocavam sorrisos e passavam adiante a notícia:

— O patrão está de novo com a urucubaca.

Dentre os sintomas que assinalavam o início da crise havia um, bastante peculiar. Era o do perfume. Moishe, não se sabia exatamente desde quando, dera de andar perfumado. Curiosa excentricidade! De repente, estivesse onde estivesse, abria sua pasta, tirava dela um frasco e se perfumava.

Era qualquer coisa como um calmante. De um lado a vodca, de outro, o perfume. E que perfume!

Essa esquisitice, ninguém a entendia. Jamais dera explicação a quem quer que fosse, inclusive à própria mulher. Esta, em público, assumia aparentemente ares de indiferença, mas quando a sós com o marido, caía-lhe em cima:

— Que é isso?! Que significa isso, meu pavão?

Moishe não abria a boca. Se a mulher voltasse a insistir, fazia um gesto de impaciência e dava-lhe as costas.

Havia muitos anos que a minha família contratava festas com o Moishe. Nessas felizes comemorações, ele sempre esteve conosco. Mesmo quando seus serviços começaram a decair e já não apresentavam a eficiência de outros tempos, mantivemo-nos fiéis a ele. E, por fim, como não podia deixar de ser, contratamo-lo para a festa de *Bar-Mitzva* do nosso querido primogênito. Mas, foi aí, como já sabem, que ele, pela primeira vez, falhou.

Dito tudo isso, creio que agora se poderá entender por que Moishe Aaron estava no meu escritório, sentado diante de mim, com um ar tão pungente. Um homem alquebrado, bem diferente daquele que conhecemos.

Procurei ser amável com ele. Abriu-se comigo fraternalmente e entrou a me contar algumas das coisas e fatos do seu repentino internamento. Sofrera um desmaio em casa e fora levado inconsciente para o hospital.

À medida que me ia narrando essa parte, os seus olhos se encheram de umidade.
— Quando ficou decidida a operação, acreditei que a minha hora final soara — confiou-me. — Senti-me a poucos passos do *Olam Aemet*, por isso pedi a Iente que me trouxesse o *talis*, fiz minha última oração e perfumei-me.
— Por quê? Ora, por que você fez isso, Moishe? — perguntei, interrompendo suas palavras.
Minha pergunta, como eu já previa, não teve nenhuma resposta. Ele simplesmente enveredou por outros assuntos.
Mais tarde, quando finalmente se retirou, fiquei um bom tempo refletindo nesse homem e no que tudo isso podia significar. Respirei fundo, como se apurasse alguma coisa. No ar, creio, vagava tênue e delicado perfume.

TERMINAL

— Não precisa levar muita coisa — diz-me Ana, quase num sussurro, meio sorriso no canto da boca. Ana e Júlia são minhas queridas noras. Mas sempre achei Ana a mais inteligente; com ela se pode ter a certeza de um diálogo franco, honesto.

Na verdade, minha mala já estava pronta desde as primeiras horas. O mais difícil foi escolher uns livros, bem poucos (afinal, para quê?) dentre os que estimava ter à mão. Essa foi sempre a minha dificuldade.

As vozes de meus filhos, que estão ali conversando na entrada da sala, soam-me estranhas. Marcos, o mais velho, é o intelectual da família; tem uma visão crítica do mundo, com respostas brincalhonas para tudo. Talvez esteja certo. David, o nosso industrial, homem de prestígio na sociedade, ao contrário, leva as coisas muito a sério.

Embora não me fosse possível acompanhar claramente ao que eles se referiam, percebia nas vozes uma nota forçada, incômoda. A minha vontade é a de lhes dizer nesta hora tudo o que ainda não lhes dissera. Tenho ganas de gritar com eles, como se ainda fossem crianças. Vejam só — eu lhes diria —, Ana e Júlia, suas esposas, nesta hora sabem como levar as coisas. Mas noras não são como filhas — intromete-se meu bom senso —, Marcos e David, esses, sim, são carne de minha carne.

Eu queria que tudo fosse mais natural. Que nos momentos decisivos me deixassem em paz. Por que não? Simplesmente a sós,

em meu quarto. Que fossem tratar de suas vidas. É, mas as coisas não são como a gente quer.
Ao entrar na sala, mala na mão, encontro-os à espera, prontos para a partida. Júlia, como sempre elegante, perfumada, bem penteada, bonita, ergue-se ao me ver. Marcos e David, que estão de pé, fumam seus cigarros.
— Tudo pronto? Então, vamos — diz ela, impaciente, olhando para David, como a lhe dar uma ordem.
— Vou tirar o carro — responde este, perplexo.
Marcos aproxima-se de mim para me ajudar. Quero dizer, não só a ele como aos demais, algo que os deixe à vontade. Infelizmente, não me ocorre nada. Teria sido muito bom se me saísse com alguma coisa engraçada.
Lanço um olhar à volta da sala fazendo a última inspeção; depois, dou-lhe as costas e me dirijo, em silêncio, para a porta. Então, seria assim. Sem comentários, economizando gestos, palavras ou sentimentos. Para mim, está bem; só quero cumprir a parte que me toca, com moderação, dispensando frases tolas, digressões inúteis.
Metidos no carro, partimos em silêncio. O tempo anda chuvoso, com céu escuro, ameaçador. A chuva escorre pelos vidros, formando longos filetes. Do banco de trás, espremido entre as mulheres, observo a rua adormecida, envolta de sombras e reflexos.
David, que está dirigindo, diz a Marcos alguma coisa divertida (o que nele é raro), e este responde no mesmo tom. De quando em quando Júlia e Ana voltam-se para mim sorridentes. É visível o esforço delas. Mas, que diabo, eu não imaginei que as coisas acabassem desse jeito.
O carro diminui a marcha, próximo de um cruzamento, e, em seguida, já tomando a estrada principal, arranca numa boa velocidade.
— Então, é isso — penso com meus botões, tentando afugentar alguns fantasmas do passado.
Os vultos aglomerados dos prédios vão ficando para trás, esguios, mergulhados nas sombras. De longe, no alto de um deles, ainda avisto um minúsculo foco de luz, perdido na névoa. Fraco, intermitente, pulsa ali como se estivesse emitindo sinais de algum código absurdo, cabalístico. Mas logo em seguida, engolfado no espesso negrume, ele vai se extinguindo, extinguindo.

GLOSSÁRIO

(A)

A BRIVELE DER MAMEN — Canção popular *idish:* Uma cartinha para a mamãe.

AER, AIN — Aqui, ali.

ALIÁ — Emigração para Israel.

APICOIRES — Da palavra grega *Epikureios*. Na *Mishná* e no *Talmud* o *apicoires* é descrito como adepto judeu do filósofo grego Epícuro. Com o tempo, passou a significar, em *idish,* um herético ou livre-pensador.

ARON-HACODESH — Armário Sagrado onde se guarda a *Torá* (ver *Torá*).

(B)

BAAL-TEFILE (Forma idish *de BAAL TEFILÁ)* — Cantor de sinagoga.

BAR-MITZVA — Filho do Mandamento. Solenidade pela qual passa o menino judeu, aos treze anos, quando ingressa na maioridade religiosa.

BARUCH ATÁ ADOSHEM ELOKEINU MELECH HAOLAM SHECOCHÓ UGVURATÓ MALEI OLAM — Oração que o devoto pronuncia, ao presenciar um relâmpago: "Bendito sejas tu, Senhor, nosso Deus, Rei do Universo, cuja força e poder enchem o Universo".

BARUCH ATÁ ADOSHEM ELOKEINU VEELOKEI AVOTEINU, ELOKEI AVRAHAM, ELOKEI ITZHAC VEELOKEI IAACOV — Oração: "Bendito sejas tu, Senhor, nosso Deus e Deus de nossos pais, Deus de Abraão, Deus de Isaac e Deus de Jacob".

BARUCH HABÁ — Saudação hebraica de boas-vindas.
BARUCH HASHEM — Bendito seja Deus.
BEHEIME — No sentido pejorativo, animal, besta.
BEIGUELE (Pl.: BEIGUELAH) — Rosquinha, pãozinho circular com orifício no centro; adaptado do russo *Bublitchki*.
BELTZ, MAIN SHTETELE BELTZ — Canção popular *idish*: "Beltz, minha cidadezinha Beltz".
BLINTZES — Rolo de massa fina, com recheio de queijo, aveia ou trigo.
BORSHT — Sopa de beterraba ou de repolho, de origem russa.
BRAHÁ — Oração.
BRIT MILA — Cerimônia de circuncisão.
BRIVELE — Cartinha.
BROCH — Exclamação de desolação, de susto.
BUTANTÃ — Bairro de S. Paulo, onde se localiza o cemitério judaico.

(C)

CADISH — Oração pelos mortos.
CAPTZN — Pobretão, pé-rapado.
CHATKHEN — Agente casamenteiro.
CHEVRE KEDISHE — Sociedade de cemitério.
CLIENTELCHIK — Mascate, vendedor pelo sistema de prestações.
CUM AVEK — Vamos embora.

(D)

DREC — No sentido pejorativo, merda.
DUVID HAMELECH — Rei David.

(E)

EI-MIT-TZIBELE — Prato judaico: picadinho de cebola com ovo.
EITZE (Pl.: EITZES) — Conselho, sugestão, idéia.
EITZE-GUEBER — Sujeito que dá conselhos, sugestão, idéias.
ERETZ (ERETZ ISRAEL) — Estado de Israel, Terra de Israel.

(F)

FERD — No sentido pejorativo, cavalo.

(G)

GALITZIANER — Judeu da Galícia.
GANEV (Pl.: GANOVIM) — Ladrão.
GOI (Gl.: GOIM) — Não - judeu, gentio. Tratamento dado pelos judeus aos não-judeus.
GOTENHU — Diminutivo de Deus, em sentido carinhoso.
GUEBROTENE KATCHKE — Pato assado.
GUEFILTE-FISH — Prato judaico: peixe recheado que os judeus costumam comer nos sábados.
GUESHEFT (Pl.: GUESHEFTN) — Negócio.
GUEVIR — Rico, milionário.
GUT MORGN BALEBOSS — Bom dia, patrão.
GUT SHABES — Cumprimento usado nos sábados.

(H)

HALE — Pão especial de sabá e de mais festividades.
HASSID — Pio, beato, adepto do Hassidismo (movimento religioso dos judeus da Europa Oriental, fundado por Baal Shem Tov, no século XVIII).
HAS VEHALILA — Expressão equivalente a "Deus o livre" ou "Deus não o permita".
HAVA-NAGUILA — Canção popular hebraica.
HAZAN (Pl.: HAZANIM) — Cantor de sinagoga.
HAZONES — Música litúrgica praticada pelos *hazanim* (cantores da sinagoga).
HREIN — Molho típico de raízes fortes, usado nas festas de *Pessah* (Páscoa Judaica).
HULIGAN — Bandido (do russo).

(I)

IAMELQUE — Solidéu usado pelos judeus religiosos.
IAMIM NORAIM — Os dez dias que abrangem as maiores festividades judaicas: *Rosh Hashaná* (Ano Novo) e *Iom Kipur* (Dia da Expiação).
IDENE — Mulher judia.
IDISH (IIDICHE) — Idioma dos judeus da Europa Oriental, produto do médio e alto alemão do século XVI, escrito em caracteres hebraicos. Incorporou também, em percentagem elevada, vocabulário de origem hebraica e eslava.
IDISHER TZAITUNG — Jornal *idish*, jornal escrito em *idish*.

IEHI RATZON MILFANEHA — Oração.
IÓ — Sim (em *idish*).
IOM ACHOÁ — Dia do Holocausto.
IOM HADIN — Dia do Julgamento.
IOM TOV — Feriado judaico, dia santo.
IORTZAIT — Aniversário de falecimento dos pais.

(K)

K.K.L. — Keren Kaiemet L'Israel.

(L)

LEIKAH — Bolo.
LITVAC (Pl.: LITVAQUES) — Judeu lituano, no sentido especial de um sujeito realista, sagaz, racionalista.
LOKSHN — Literal: macarrão. Expressão popular usada pelos judeus, referindo-se ao dólar americano.
LOZ IM HOP, DEM FERD — Deixe-o, o cavalo.
LUFTMENSH — Literalmente, "homem do ar", significando sujeito sem profissão, forçado a viver de expedientes, tirando sua substância do "ar".

(M)

MAHACHEIFE — Feiticeira.
MAIRIV (forma hebraica: MAARIV) — Oração da noite, na liturgia judaica.
MAISSALAH — Historietas.
MALAH-HAMOVES — Anjo da morte.
MAME — Mãe.
MAME LOSHN — Língua materna.
MAZAL-TOV — Expressão de felicitação: Boa-sorte, parabéns.
MEHUTONIM — Designa relação de parentesco com a família dos noivos.
MESHIGASS — Loucura.
MESHIGUE (MESHUGUE, MESHUGUENE, MESHIGUENE, MESHUGUENER, MESHIGUENER) — Louco, louca.
MESHIGUENE VELT — Mundo maluco.
MESHUGOIM — Loucos.
MIDAS ORAHAMIM — Ato de misericórdia.
MINHE (MINHÁ) — Oração do crepúsculo, na liturgia judaica.
MINIAN — Conjunto de dez pessoas, indispensáveis para o rito sinagogal.

MISHNÁ — Coletânea de leis e preceitos rabínicos, editados pelo Rabi Iehuda Hanassi, em princípios do século III a. C., e que constitui a base da compilação talmúdica.

MOGUEN-DOVID — Forma *idish* de *Maguen David:* Estrela de David.

MOISHE OISHER — Cantor popular *idish*.

MOISHE RABEINU — Moisés, nosso mestre.

MOLE RAHAMIM — Oração fúnebre.

(N)

NEFESH IEHUDI....SOFIA — Trechos de versos da *Hatikva*, hino nacional de Israel.

NISHT AER, NISHT AIN — Nem aqui, nem ali.

NÚU — Exclamação *idish*, equivalente a "E então?", "Bem".

(O)

OI VEI — Exclamação *idish* de dor, de desolação.

OLAM AEMET — Mundo da verdade.

OLEINU ISGALGUELI — Oração: Recaia sobre nós.

(P)

PARNUSSE — Sustento, ganha-pão.

PAVOLINQUE — Devagarzinho.

PLETZL — Local de encontro para conversas e fofocas.

PSIACREV — Expressão exclamativa russa.

(R)

REBE — Forma *idish* de rabi, rabino, mestre.

ROITER — Vermelho.

ROZHINQUES MIT MANDLEN — Canção popular *idish*.

RUCHL BAS LEIE — Raquel, filha de Lea.

(S)

SABES IN SEVUES HOT A ID IN SUL GUEGUEBN A SOS — Frase em que predomina o "s". Tradução: Sábado, em *Shavuot* (Pentecoste), um judeu, na sinagoga, deu um disparo.

SHABAT — Sabá, dia de repouso.

SHAHARIT — Oração matutina.

SHAMES — Bedel de sinagoga.
SHEQUET — Silêncio.
SHLIMAZL — Sujeito sem sorte, caipora, azarado.
SHRAIER — Gritão.
SHRAI NIT — Não grite.
SHTETL (SHTETELE) — Cidadezinha, aldeia, Designa especificamente os pequenos aglomerados urbanos em que viviam os judeus da Europa Oriental.
SHULENT — Comida típica de sábado, preparada e deixada no forno, nas sextas-feiras.
SHVARTZ IOR — Ano agourento, ano negro.
SIDUR — Livro das rezas diárias.
SIMHES — Festas, comemorações alegres.

(T)

TACHLES — Designando o essencial, o prático, o mais objetivo.
TALIT — Xale ritual, de seda ou lã, com franjas na ponta, usado pelos judeus nas cerimônias religiosas.
TALMUD — O mais importante livro dos judeus, após a Bíblia. A coletânea talmúdica constitui verdadeira enciclopédia de legislação, folclore, lendas, disputas teológicas, crenças, doutrinas e tradições judaicas. Divide-se em *Talmud de Jerusalém* e da *Babilônia*, segundo o lugar em que foi redigido. Subdivide-se em *Mishná* e *Guemará*, cada qual com diversos tratados e ordens.
TEFILÁ — Oração.
TFILIM — Filatérios. Cubos com inscrições de textos da Escritura, presos por tiras estreitas de couro e que os judeus devotos costumam enrolar no braço esquerdo e na cabeça.
TOIRE — Adaptação *idish* de Torá.
TORÁ — Designa ora a Bíblia, ora todo o código cívico — religioso dos judeus, formado pela Bíblia e pelo Talmud.
TRINKN — Beber.
TUHES — Trazeiro, bunda.
TZAITUNG — Jornal.
TZURES — Sofrimentos, agruras.

(V)

VAIBER — Mulheres.
VELT — Mundo.

(Z)

ZI IZ INGANTZN TZUDREIT — Ela é inteiramente virada (maluca).
ZMIROT — Canções religiosas que se cantam nos sábados e dias santos.

Impresso na
**press grafic
editora e gráfica ltda.**
Rua Barra do Tibagi, 444 - Bom Retiro
Cep 01128 - Telefone: 221-8317